Doppelband der Hier und Jetzt Reihe

Ich bin das Beste, was dir je passiert ist
(Band 1)

Was du für den Gipfel hältst ….
(Band 2)

Robin Lang

Bibliografische Informationen der deutschen Nationalbibliothek:
Die Deutsche Nationalbibliothek verzeichnet diese Publikation in der Deutschen Nationalbibliographie, detaillierte bibliographische Daten sind im Internet über dnb.dnb.de abrufbar.

TWENTYSIX – Der Self-Publishing-Verlag
Eine Kooperation zwischen der Verlagsgruppe Random House und BoD-Books on Demand

© 2016 Lang, Robin

Herstellung und Verlag:
BoD – Books on Demand, Norderstedt

ISBN: 9783740726607

Danksagung

Ich möchte all denen danken, die von Anfang an an mich und meine Geschichten geglaubt haben, die mir den Mut zugesprochen haben, weiterzuschreiben, die mir mit Fragen und Tipps geholfen haben, die Geschichten besser zu machen. Die nie müde wurden, meine Rechtschreibfehler zu suchen und mir die Kommaregeln um die Ohren gehauen haben. Meine Betaleser und FB – Frauen, die Bloggerinnen und Rezischreiberinnen. Ihr seid das Beste, was mir je passiert ist!
Danke Jenny, Alex, Catha, Veronika, Nicole, Jeannette, Nadine, Simone, Nicole, Caro, Jordan, Lena, Silke und den Mädels von Blind Date Books!
Und natürlich meiner Familie, allen voran meinen Kindern, die mich haben schreiben lassen und sich umeinander gekümmert haben, wenn ich mal wieder in meine Geschichten eingetaucht war.

Ich bin das Beste, was dir je passiert ist

Robin Lang

Hier und Jetzt Band 1

Prolog - 14. Februar 2008 -

„Ich liebe dich", flüsterte er ganz nah an ihrem Ohr. Dabei fasste er sanft ihre rechte Hand und strich über den dort frisch tätowierten Ring an ihrem Mittelfinger. Er lachte leise: „Verloben ja, so altmodisch bist du, aber einen richtigen Ring durfte ich dir nicht kaufen - und das Tattoo durfte nicht an den Ringfinger. Du und deine Angst, spießig zu wirken!". Sie wusste, dass er sie nur aufziehen wollte, denn wenn sie eines nicht waren, dann spießig. Sie hatten sich erst vor Kurzem an der Uni kennengelernt. Sie, die Außenseiterin, intelligent aber schüchtern und ohne Lust auf Partys und Dauergelage, er, der Austauschstudent aus den Staaten ohne besonderes Interesse an einer akademischen Laufbahn, mit jeder Menge Träume, Musik und Lebenslust. Und doch hatte es sofort gefunkt, als sie sich vor vier Monaten zum ersten Mal in der Mensa gesehen hatten. Vom ersten Moment an waren sie unzertrennlich gewesen, sein Zimmer in der ohnehin überfüllten WG stand schnell leer, denn er zog einfach mit seinem wenigen Gepäck bei ihr ein. Für sie war klar, dass er „der Eine" war, so kitschig das auch klang. Vom ersten Wochenende an planten sie ihre Zukunft, sie wollte ihr Studium in Deutschland so schnell wie möglich beenden und ihm dann in die Staaten folgen, wo er nach diesem Auslandssemester in einer internationalen Firma anfangen sollte mit dem Trainee - Programm. Für sie war klar, dass sie ihm folgen würde, denn er hatte alles, was sie nicht hatte: Familie, Freunde, eine berufliche Zukunft. Was hatte Deutschland ihr zu bieten? Ein paar alte Verwandte, *die froh waren, wenn sie ihnen nicht auf der Tasche lag, Freundschaften aus alten Tagen hatte sie kaum aufrecht halten können, dazu hatten ihr immer die Zeit und die Energie gefehlt. Keiner würde sie vermissen, da konnte sie auch mit ihm gehen.*

Doch nun sah sie in eine rosige Zukunft, eine Zukunft, die sie sich nicht schöner hätte träumen können.....

10. Januar 2016

- Ela -

Zum bestimmt tausendsten Mal in den letzten Jahren stellte ich mir die gleiche Frage: Wie viele Stufen von Müdigkeit gab es wohl? Eine Antwort hatte ich bisher nicht bekommen und das würde sich auch heute nicht ändern. Also straffte ich meine Schultern, griff nach den zwei schweren Taschen und öffnete die Haustür.
Den Einkauf im Bus nach Hause zu transportieren war jedes Mal ein Akt, aber ein Auto war in unserem schmalen Budget nicht drin. Das Fahrrad hatte Sue, meine Mitbewohnerin und beste Freundin seit sechs Jahren, gebraucht, denn sie hatte mal wieder verschlafen und musste pünktlich zu ihrem Vorstellungsgespräch kommen. Ich würde ihr einen Kuchen backen, als Dankeschön für ihre ständige Unterstützung und zum Feiern, denn dank ihres Talents hatte sie den ersehnten Job in der Werbeagentur bekommen - das hatte sie mir schon in einer kurzen Nachricht mit vielen Smilies mitgeteilt, sie war sogar gleich zum ersten Meeting da geblieben!

Vielleicht konnte ich Tom und Noah dazu bewegen, mir beim Backen zu helfen, sobald sie nach Hause kamen. Ein Blick auf die Uhr sagte mir, dass das in 15 Minuten der Fall sein würde, wenn ihnen auf dem Heimweg nicht noch ein Regenwurm oder etwas ähnlich Spannendes über den Weg gelaufen war. Ich war nur froh, dass Sue und ich vor 3 Jahren in die Wohnung im Erdgeschoss hatten umziehen können. So hatten wir ein Zimmer mehr und einen direkten Zugang zum Garten, das erleichterte mir das Leben um Einiges.

In der Küche verstaute ich alles, was ich eingekauft hatte. Die Süßigkeiten versteckte ich wie immer ganz oben im Schrank, damit sie nicht gefunden werden konnten. Immerhin hatte ich es mir diesmal erlauben können, für jeden eine riesige Tafel Schokolade („biiiiitttttte dürfen wir mal die teure haben, nur ausnahmsweise …" solche Aussagen machten mir das Herz jedes Mal besonders schwer) zu kaufen. Die Trinkgelder waren heute sehr großzügig ausgefallen. Den Sekt aus dem Angebot stellte ich sofort kalt, um mit Sue auf ihren Erfolg anzustoßen.

Ich war kaum fertig, als auch schon das allnachmittägliche Sturmklingeln begann und die Heimkehr meiner Zwillinge ankündigte. Wobei ich mir sicher war, dass Tom derjenige war, der den Finger auf der Klingel ließ, während sein fünf Minuten älterer Bruder nach seinem Haustürschlüssel kramte, um mich nicht zu stören. So ähnlich sie sich äußerlich waren, so unterschiedlich war ihr Charakter. Im Grunde wie Tag und Nacht. Während Noah meine eher nachdenkliche, zurückhaltende Art geerbt hatte, war Tom wie sein Vater ein Ausbund an Energie und Lebensfreude, er beherrschte jeden Raum, den er betrat und konnte bereits jetzt mit 7 Jahren jeden um den kleinen Finger wickeln.

Kaum hatte ich die Tür geöffnet, ging es auch schon los: „Mama - Simon will mich zu seinem Geburtstag einladen, Noah darf auch kommen hat seine Mama gesagt, Simon will das aber nicht, also habe ich ihm gesagt, er wäre ein Idiot und ich will auch gar nicht mehr mit ihm spielen, wenn er meinen Bruder nicht

mag."
„Ich will gar nicht zu Simons Geburtstag, da spielt ihr sowieso nur Fußball, darauf hab ich gar keine Lust …"
„Aber ich hab schon gesagt, dass ich ohne dich nicht komme, sei nicht so blöde!"

„Euch auch einen schönen guten Tag, meine Lieblingssöhne", versuchte ich das Gespräch zu unterbrechen, bevor die beiden sich in einen Streit hineinsteigerten, den ich nun wirklich nicht gebrauchen konnte. Aber so war es immer - Tom versuchte seinen Bruder an all seinen Aktivitäten teilhaben zu lassen, wollte, dass er sich mit seinen Freunden auch verstand. Und Noah wollte eher seine Ruhe, doch das konnte Tom nicht verstehen. Nicht erst einmal hatte er sich für seinen Bruder eingesetzt, sogar einem anderen Jungen eine blutige Nase gehauen, weil dieser Noah beleidigt hatte.

Und Noah? Der ertrug die Hänseleien immer mit einer Ruhe, die mir schon fast Angst machte. Er kam mir oft so viel älter vor. Er dachte viel nach, stellte Fragen, auf die sonst kaum ein Junge seines Alters kam und wollte nicht zuletzt mich und seinen Bruder vor allem beschützen.
„Hängt bitte eure Jacken auf. Wie war's in der Schule? Habt ihr alle Hausaufgaben fertig? Wer will mir helfen, einen Kuchen für Sue zu backen?"
„Mama! Du überforderst uns, wir sind Männer, wir können nur eine Sache auf einmal machen!", erinnerte mich Tom lachend, hängte dann aber doch seine Sachen weg und verschwand im Badezimmer, um die Finger zu waschen. Ein klares Zeichen dafür, dass er das mit dem Kuchen sehr wohl verstanden hatte.
Wobei ich mich fragte, ob es ihm ums Helfen oder eher

ums Naschen ging.

„Na, Noah, willst du mir erzählen, warum du nicht zu Simons Geburtstag willst? Denn nur am Fußball spielen wird es wohl nicht liegen?"
„Nö, das musst du nicht wissen, ich will ihn auch nicht schlecht machen, er ist Toms Freund und …, ich mag ihn eben nicht, er hat da neulich was gesagt, das …. das fand ich einfach doof, und nun …", Noah stotterte, wurde rot, was zeigte, dass die Sache nicht so einfach war, wie Noah es darstellen wollte.

Ich kannte meinen Sohn. Das einzige, was in dieser Situation half, war Warten. Und tatsächlich rückte er dann doch damit heraus: „Naja, er meinte zu einem anderen Jungen, dass sie Tom nur deshalb mitspielen lassen würden, weil er echt gut wäre und das, obwohl er immer die gleichen Klamotten anhätte, nie was Cooles und auch keine Computerspiele kennen würde und da ich eben noch nicht mal spielen könnte und nur lesen würde, könnte er mit mir eben nix anfangen."
Je länger er redete, desto leiser wurde er und als sein Bruder wieder in die Küche kam, war er plötzlich ganz still. Er gab mir durch ein Zeichen zu verstehen, dass er jetzt auch nicht weiter darüber reden wollte.
Also ließ ich die Sache erstmal auf sich beruhen. Allerdings war mir klar, dass ich dringend mit ihm darüber würde reden müssen. Denn so cool er auch tat, ich wusste, wie sehr ihn die Situation belastete.

- 20 Uhr -

„Diese himmlische Ruhe!"
Nachdem ich die Jungs ins Bett gesteckt hatte, machte ich es mir auf dem Sofa bequem, nahm mir noch ein Stück von dem Kuchen und schenkte Sue und mir Sekt nach. „Nun erzähl doch mal von deinem neuen Job, Sue. Wenn ich schon täglich nur dieselben Nasen bei der Arbeit sehe, dann will ich wenigstens von dir ab und zu mal was Neues hören - sind die Kollegen nett, ist was Leckeres dabei?"
„Ela, keiner zwingt dich, weiter in dem Bistro zu arbeiten, du hast deinen Abschluss fast in der Tasche, du kannst doch versuchen, dich in einem netten kleinen Grafikbüro zu bewerben und dann endlich den Abschluss machen, davon hast du immer geträumt. Du hast so viel Talent, ist doch echt scheiße, dass du da nix draus machst!", gab Sue zurück, ohne auch nur ansatzweise auf meine Frage eingegangen zu sein.

Der Kuchen lag mir auf einmal schwer im Magen, auf DIESES Gespräch hatte ich nun wirklich keine Lust.
„Ich hab mein Studium vor acht Jahren kurz vorm Diplom abgebrochen, das weißt du genau. Mittlerweile bin ich 29, hab 7-jährige Zwillinge, kaum nennenswerte Berufserfahrung, die Prüfungsordnung hat sich komplett geändert und davon abgesehen, ich möchte gar nicht wissen, was sich in meinem Bereich durch die neuen Computersysteme alles geändert hat. Sieh es ein - ich bin ein Fossil, was den Stand der Technik angeht. Als Grafikerin finde ich doch nichts mehr.
Außerdem brauchen mich die Jungs. Schlimm genug, dass sie ohne Vater aufwachsen, dann will wenigstens

ich für sie da sein. Auch wenn das heißt, mir vormittags die Beine in den Bauch zu stehen und die Nachtschichten zu machen. Wir brauchen das Geld, es ist so schon oft eng - was meinst du, wie das wäre, wenn ich nochmal von Null anfange. Das kann ich mir nicht leisten."
Gedankenverloren spielte ich mit dem breiten Ring an meinem rechten Mittelfinger.

„Zieh ihn aus …", forderte Sue mich nach ein paar Minuten auf.
Ich starrte sie an, das war eine Bitte, die sie schon sehr lange nicht mehr ausgesprochen hatte.
„Ich weiß gar nicht, ob ich den Ring noch über das Gelenk geschoben bekomme, er sitzt da schon so lange", log ich. Denn eigentlich zog ich den Ring jeden Abend ab, wenn ich alleine in meinem Bett lag und über den Tag nachdachte. Ich hatte dann immer das Gefühl, dass Dylan ganz nah bei mir war, wenn ich das darunter versteckt liegende Tattoo ansah. Dass er mir zuhörte, wie ich ihm von unseren Söhnen erzählte, was sie wieder getan, erlebt, angestellt hatten. Wie ähnlich Tom ihm war und wie sehr ich ihn in den beiden erkennen konnte. Manchmal verfiel ich in meinen Gedanken ins Englische, vielleicht weil ich dachte, dass er mich dann besser verstehen kann.

„Mensch Ela, wenn's ums Geld geht, du weißt, meine Eltern sehen in dir die 2. Tochter, die Jungs lieben sie, als wären es ihre eigenen Großeltern und ich hab jetzt den Job...". „Das kann ich nicht annehmen, Sue," fiel ich ihr ins Wort, „Ihr habt schon so viel für mich getan, du zahlst die Hälfte der Miete, obwohl ich und die Jungs hier wohnen, deine Eltern übernehmen Babysitterdienste, wenn Not am Mann ist und so dicke haben sie es auch nicht. Ich schaff das schon. Danke, aber nein danke! Ich geh jetzt ins Bett - morgen ist Doppelschicht angesagt und nachmittags der Arzttermin mit Noah. Ich hab dich lieb, schlaf schön!", mit diesen Worten floh ich in mein Schlafzimmer.

10. Februar 2016

- Abendschicht -

„Ela, kannst du bitte mal zu mir ins Büro kommen?", dieser Bitte meiner Chefin kam ich gerne nach, befreite es mich doch für ein paar Minuten von einer Gruppe Studenten, die heute Abend unser Lokal ausgesucht hatte, um lautstark die letzten Klausuren und den Beginn der Semesterferien zu feiern. Zwar bedeuteten solche Gruppen immer gutes Trinkgeld, aber auch dumme Sprüche und Anmachen waren an der Tagesordnung.

„Komm rein und setz dich, du musst heute Abend noch genug stehen," begrüßte sie mich und schloss die Tür hinter mir.
„Ich habe eine große Bitte an dich - könntest du am 14. die Nachmittags- und Abendschicht übernehmen? Du weißt, da ist Valentinstag, wir sind bis auf den letzten Platz ausgebucht und da du nun mal eine der wenigen Singles bist, die hier im Moment arbeiten, dachte ich …, nun, wenn du kein Date hast, dann wäre es toll, wenn du den Laden schmeißen könntest. Mein Mann will mich wieder mal richtig schick ausführen und da das unser Verlobungstag ist, wäre es super, wenn du das machen könntest. Du bist jetzt schon so lange hier und ich weiß, dass ich mich auf dich verlassen kann."
„Klar," antwortete ich, „kein Problem!"
In Gedanken warf ich meine eigenen Pläne für den Tag um und überlegte, wie ich den Jungs am besten erklären könnte, dass wir nun abends doch nicht zusammen ins Kino gehen würden. Vielleicht hatte ja Sue Zeit oder

Sues Eltern Horst und Nina. Wobei es mir unangenehm war, die beiden schon wieder bitten zu müssen. Aber im Grunde wusste ich, dass sie sich gerne um die beiden kümmerten.

14. Februar 2016

Zum Glück waren Horst und Nina nur zu gerne bereit gewesen, den Tag mit Tom und Noah zu verbringen. Sogar ins Kino wollten sie mit ihnen gehen. Das war auch gut so, denn Sue hatte ein Date mit einem ihrer Arbeitskollegen. Und da sie durch mich und die Kinder meistens keinen Herrenbesuch (ihre Worte, nicht meine) empfangen konnte, wollte ich auf keinen Fall, dass sie das absagte, um mir mal wieder aus der Patsche zu helfen. So konnte ich meine Verabredung, mein eigenes Date einhalten.

Dieser Termin war das einzige, was ich über all die Jahre beibehalten hatte, immer am 14. Februar. Es war meine Art, den Tag zu feiern, immer alleine, diesmal zum neunten Mal.
Schon als ich den Laden betrat, empfing mich der gleiche Geruch nach Tinte, antiseptischer Creme und Leder wie jedes Jahr. Auch die Musik schien sich über die Jahre kaum zu verändern, genauso wie die Bilder und die Leute.
„Hallo Schönheit! Einen Moment, ich bin sofort bei dir!", so begrüßte mich David immer und keine zwei Minuten später wurde ich in eine kräftige Umarmung gezogen. Ich erlaubte es mir, meine Nase in seinem Shirt zu vergraben, aber nur kurz, denn alles andere hätte seltsam gewirkt.
„Na, was hat sich meine Lieblingskundin diesmal ausgedacht?" fragte David und schob mich ein bisschen zurück, um mir ins Gesicht sehen zu können.
Ich zog den Zettel mit dem neusten Design aus der

Hosentasche und zeigte es ihm - es war ein stilisierter Notenschlüssel, in den ich ein „D" eingearbeitet hatte. Wieder ein Stück, das mich an Dylan, unsere Zeit, unser erstes gemeinsames Tattoo erinnerte. Jedes Jahr an unserem Tag kam ich wieder hierher. Einerseits tat es weh, immer wieder an unsere unkonventionellen Verlobungsringe zu denken, an unsere Art, uns unsere Liebe zu zeigen. Andererseits hatte ich das Gefühl, ihm so wieder nah zu sein, die Erinnerung aufrecht zu erhalten.

In den ersten Jahren tat es mehr weh, die Motive waren traurig, zornig, düster, aber in den letzten Jahren hatte ich scheinbar Frieden gefunden. Meine Ideen wurden ruhiger, heller, letztes Jahr war es ein Regenbogen, dieses Jahr der Notenschlüssel und die Idee für nächstes Jahr, für mein 10. Tattoo, reifte auch schon in mir.

„Wow - hast du schon mal darüber nachgedacht, das beruflich zu machen? Deine Zeichnungen sind super, daraus könntest du echt etwas machen!"

„David, das fragst du mich jedes Mal und du bekommst jedes Mal die gleiche Antwort von mir. Tätowier mir mein Bild, dann trinken wir einen Kaffee und ich mache einen Termin für nächstes Jahr mit dir aus. Ich habe weder die Zeit noch die Ruhe, zu träumen!"

David schüttelte den Kopf: „Dylan wäre stinksauer, wenn er wüsste, wie wenig du lebst, ab und zu einen Kaffee mit mir und sonst? Du bist jung, hübsch, intelligent..., wann hattest du das letzte Date? Lass mich raten - 2008 mit Dylan?"

So langsam redete er sich in Rage.

„David, bitte, reg dich nicht so auf, ich weiß, du sorgst dich um mich, aber mir und den Jungs geht es gut - sie fragen übrigens, wann sie ihren Lieblingspatenonkel zu Gesicht bekommen."

So langsam verengten sich seine Augen: „Du lügst wie gedruckt - die Jungs sind öfter hier als dir lieb ist, du weißt es nur nicht. Im Grunde kommen sie jeden Tag nach der Schule hier vorbei, nur du meidest den Laden wie die Pest, es sei denn es ist der verdammte Valentinstag..... Dann schneist du hier rein, lässt dir wieder irgendwas von mir stechen, damit du auch ja nicht weitermachen musst und in der Vergangenheit bleibst."
Ich ließ mich in einen der Sessel fallen: „Du hast ja recht. Aber David, ich habe im Moment echt keine Kraft, um mehr zu machen als das, was ich im Augenblick tue. Ich muss gleich arbeiten, ich will dieses Tattoo und ich möchte Dylan nicht vergessen. Aber ich verspreche dir, dass ich mich wieder öfter bei dir blicken lassen werde!"
„Beweis es!"
„Was soll das jetzt wieder heißen? Was soll ich dir beweisen?"
„Beweis mir, dass du mehr leben willst - komm nächstes Wochenende mit, ich treffe mich mit meiner Clique zum Picknick, komm und bring die Jungs mit, da sind noch andere Kinder in deren Alter, sie würden Spaß haben."
Ungläubig schüttelte ich den Kopf: „Picknick im Februar? Ich wusste ja, dass ihr Tätowierer hart drauf seid, aber das ist selbst für euch ne Nummer zu hart, oder?"
„Du kostest mich echt Nerven, Süße, wir picknicken nicht im Freien. Kennst du die alte Lagerhalle am Stadtrand? Dort ist eine Indoorhalle entstanden, viel Platz zum Spielen, aber nicht einer dieser typischen Kinderspielplätze. Dafür Tischtennisplatten, Picknicktische, Kletterwände.., eher was für Große, wir waren schon öfter da. Kommst du mit? Und sag nicht,

dass du arbeiten musst. Du hast mir erzählt, dass du heute eine Doppelschicht hast, also kannst du dir mal einen freien Samstag Nachmittag gönnen, oder?"
Mir fiel beim besten Willen keine Ausrede ein, also sagte ich zu: „Überredet, wir kommen für ein paar Stunden und nun lass die Nadel los, damit ich nicht zu spät zur Arbeit komme!"

21. Februar 2008 - Vormittags -

Schwanger??
Wie hatte das passieren können? Sie hatten doch immer aufgepasst. Sie war kurz vor ihrem Abschluss und er würde in knapp zwei Wochen erstmal zurück in die Staaten fliegen müssen. Sein Studentenvisum lief ab und am 1. April trat er seine Stelle an.
Sie saß in ihrem kleinen Bad und starrte die 2 Striche auf dem Schwangerschaftstest ungläubig an. Wie sollte es jetzt weiter gehen?
„Darling?", er klopfte an die Badezimmertür, „was ist los? Geht es dir nicht gut? Sollen wir das Treffen mit David und seinem Freund besser absagen? Hey, sag doch was, du machst mir Angst...!"
Langsam ging sie zur Tür und öffnete sie, den Test immer noch in der Hand.
„Ich, wir...", stammelte sie, suchte nach Worten.
Sein Blick fiel auf ihre Hand, die sich um das Teststäbchen krampfte.
„Du, wir....?", sagte er fragend, dann nahm er sie in den Arm, wirbelte sie herum und fing lauthals an zu lachen. „Wir sind schwanger? Wir bekommen ein Baby? Das ist doch großartig!"
„Was soll daran großartig sein? Ich habe keinen Abschluss, du gehst zurück in die USA, wir werden uns ein Jahr nicht sehen können, bis ich meinen Abschluss habe, von einer Aufenthaltsgenehmigung ganz zu schweigen. Wie soll das nur funktionieren?"
„Ach Baby, wir schaffen das, wir schaffen alles, unsere Liebe ist doch stark und ein Kind krönt das alles, ich

wollte immer ein junger, cooler Daddy sein und dafür gibst du mir nun die Chance...., lass uns heiraten, morgen am besten, dann nehm ich dich einfach mit zurück und alles andere wird sich zeigen. Meine Familie wird dich lieben - bitte sag ja."
Er war so euphorisch, sie konnte nicht anders, als sich davon anstecken zu lassen. Natürlich war die Idee, noch vor seinem Abflug zu heiraten, süß, aber mit Sicherheit nicht realisierbar. So schnell würde sie ihre Zelte hier dann doch nicht abbrechen können. Aber seine Reaktion zeigte ihr auch, dass alles gut werden würde, zusammen würden sie einen Weg finden und der Rest der Welt könnte ihnen gestohlen bleiben!

21. Februar 2016

- David -

Ich konnte nur hoffen, dass Ela tatsächlich auftauchen würde. Sie existierte nur für die Jungs, gönnte sich kein bisschen Spaß, Leben oder Luxus. Helfen durfte ich ihr auch nicht, dafür war sie viel zu stolz. Wie oft hatten wir ihr schon Geld angeboten, aber ihre einzige Reaktion war, uns nichts mehr zu erzählen und uns noch seltener zu besuchen, also schwiegen wir das Thema tot.

Mensch, das war ein Nachmittag vor 8 Jahren, als sie mit Dylan zu uns gekommen war. Dylan mit einem Dauergrinsen im Gesicht, Ela ein bisschen schüchtern, wie immer, aber irgendwie hat sie von innen heraus gestrahlt, irgendwas war anders. Michael war direkt aus der Küche gerannt gekommen und hatte sie umarmt. Der hatte einen Narren an Ela gefressen, er behandelte sie wie die kleine Schwester, die er nie hatte. Als die beiden dann die Bombe platzen ließen, dass Ela schwanger sei, war er völlig aus dem Häuschen. Und er redete so lange auf die beiden ein, bis sie versprachen, dass wir Patenonkel werden würden - egal, ob Ela so schnell wie möglich Dylan in die Staaten folgen würde. Er wollte dieses Kind unbedingt als unser Patenkind haben. Ich erinnere mich noch, als wäre es gestern, wie wir auf die Schwangerschaft, die bevorstehende Hochzeit, die Patenschaft und die Liebe angestoßen haben. So viel hat sich in diesen 8 Jahren geändert. Eine Hochzeit gab es nie, Ela hatte die Liebe verlernt - aber wenigstens hatten die Jungs uns als Paten bekommen und waren in Deutschland geblieben.

Zum Glück hatte sie für heute Nachmittag zugesagt. Ich hatte fest vor, ihr den besten Nachmittag der letzten Jahre zu bescheren. Ihr zu zeigen, dass es Menschen gab, die sich um sie sorgten, die für sie da waren, die es wert waren, dass sie sie in ihr Leben ließe.

„Ey, Dave - gibt es in eurer Bude keinen ordentlichen Kaffee? Da kommt man einmal zu Besuch und dann gibt's hier nur diese Plörre …!"
Unser ungebetener Gast riss mich unsanft aus meinen Gedanken. Michaels kleiner Bruder kam nur mit Shorts bekleidet aus dem Gästezimmer. Samuel war gestern unangekündigt hier aufgetaucht. Er hatte abends vor unserem Studio gestanden und gemeint, es sei doch sicher kein Problem, wenn er für ein paar Tage bei uns bleiben würde. Er sei gerade „zwischen zwei Jobs". Was auch immer das heißen mochte, denn so richtig wusste keiner von uns, womit er sein Geld verdient. Wirklich Kontakt hielt er auch nicht, ab und zu ein Anruf. Ansonsten tauchte er einfach auf und war da. Aber es schien genug Geld da zu sein, dem Auto, der Uhr und der Technik nach zu urteilen, die er so bei sich hatte.

Ich rollte mit den Augen - wieso waren nur alle Männer dieser Familie darauf aus, mir den letzten Nerv zu rauben, auf die eine oder andere Art? Michael mit seiner Vorliebe für Kitsch, wovon unsere Wohnung ein Lied singen konnte. Zum Glück tobte er sich hier aus und nicht in unserem Studio - ich musste bei dem Gedanken an einen lila Dekospiegel in einem unserer Räume echt lachen. Aber genau für diese Gegensätze liebte ich meinen Mann.

Samuel ging mir mit seiner Geheimnistuerei auf die Nerven. Nie wusste man, wo er war und was er als nächstes tun würde. Ständig hatten wir Sorge, dass wir ihn gar nicht mehr zu Gesicht bekämen. Man könnte meinen, er wäre beim Geheimdienst.

Und dann noch der Vater der beiden - Gabriel („für Sie immer noch Herr van Theen"), der sich selbst nach fast 10 Jahren nicht damit abgefunden hatte, dass sein Ältester auf Männer stand und im Gegensatz zum Rest der Familie unsere Beziehung wohl nie wirklich akzeptieren würde. Samuels und Michaels Mutter Diana hingegen hatte mich direkt mit offenen Armen empfangen und mir nur gedroht, sie würde mich am Schwanz aufhängen, sollte ich ihrem Sohn weh tun.

Ja, die Familie, auf die ich mich da eingelassen hatte, war bestimmt nicht einfach, aber was tut man nicht alles für die Liebe? Selbst den halbnackten (und ohne Neid zugegeben sehr durchtrainierten) nervigen kleinen Bruder erdulden.

Ich folgte ihm in die Küche: „Hier steht der Automat, da kannst du so schwarzen Kaffee kochen, dass er selbst zu deiner Seele passt!"

„Sehr witzig, Schwager", kam die Antwort prompt zurück, „apropos, wann machst du aus meinem Bruder eigentlich endlich einen ehrbaren Mann und heiratest ihn? Er wird nicht jünger, geht immerhin schon auf die 40 zu."

„Das hab ich gehört, kleiner Bruder," gab mein Freund aus dem Wohnzimmer zurück, „und fürs Protokoll: ich bin gerade mal 35 und du nur zwei Jahre jünger. Bisher hast du auch noch keine Anstalten gemacht, dich irgendwo nieder zu lassen, dabei bist du Mamas letzte Hoffnung auf Enkel, der Zug ist bei mir ja abgefahren!"

„Dafür schwärmt sie mir immer wieder von euren Patensöhnen vor, wann lerne ich die Goldjungs mal kennen?"

Ein Lächeln zog über das Gesicht meines Freundes: „Wir treffen uns heute mit ihnen, zusammen mit der Clique, komm doch auch mit!"

„Nachmittagsausflug mit lauter glücklichen Familien und sabbernden Kindern? Ne, ich passe, da bin ich raus, das muss ich mir nicht geben. Ich such mir lieber ein Alternativprogramm!"

Kaum hatte er die Küche verlassen, funkelte ich Michael an: „Was sollte das? Was soll Samuel denn in unserer Runde, das kann doch nicht gut gehen. Genauso gut könntest du ne Nutte ins Kloster schicken ...!"

Mein Mann drückte mir einen schnellen Kuss auf den Mund, grinste nur und sagte: „Aber lustig wäre es geworden ..., keine Angst, ich war mir sicher, dass er kneifen würde!"

- Ela -

Es war nicht schwer gewesen, den Nachmittag frei zu bekommen und die Jungs fanden die Idee, sich mit David und dessen Clique zu treffen, natürlich super. Mir wurde mal wieder bewusst, dass ich wirklich viel zu wenig Zeit mit den beiden verbrachte, ständig kam der Alltag dazwischen. Unter der Woche waren sie bis 15 Uhr in der Schule und am Wochenende musste ich oft arbeiten. So hatte ich mir fest vorgenommen, den heutigen Tag besonders schön für meine beiden Söhne zu gestalten. Ich hatte viele Kleinigkeiten eingekauft, die wir uns sonst selten leisten konnten und einen vollen Korb mit Essen für uns drei gepackt - denn das war doch der Sinn eines Picknicks, auch, wenn es drinnen stattfinden würde.
Mit dem Bus machten wir uns auf den Weg zur Halle, in Gedanken kalkulierte ich schon auf dem Weg durch, wie lange wir für den Heimweg brauchen würden, denn um 20.00 Uhr begann meine Schicht und die konnte ich nicht ausfallen lassen.

3 Stunden später …

Mein Kopf dröhnte und mein Gesicht war vom ewigen gezwungenen Dauergrinsen ziemlich angespannt. Der Nachmittag war... nett gewesen, nette Leute, nette Unterhaltung, nettes Essen... wenn da nur nicht der dicke fette Elefant mit im Raum gewesen wäre, über den niemand sprach. Außer den üblichen Familien waren in der Runde zwei gleichgeschlechtliche Paare, wovon eins ein Adoptivkind und das andere ein Kind aus einer früheren Heterobeziehung dabei hatte - und Susi.

Susi war alleinerziehend, hatte sich gerade frisch vom „Erzeuger ihrer Kinder" getrennt, wie sie es so schön ausdrückte und ließ an Männern im Allgemeinen und Vätern im Besonderen kein gutes Haar. Sie hatte in mir wohl eine Verbündete im Kampf für die Alleinerziehenden gesehen. Denn kaum hatte sie mitbekommen, dass ich mit Tom und Noah alleine war, setzte sie sich neben mich und meinte witzig sein zu müssen: „Na, auch keinen Bock mehr auf einen Kerl gehabt? Alleine sind wir Frauen echt besser dran!"

Zum Glück hatten meine Söhne diesen Spruch nicht mitbekommen. Ich schaute sie nur an: „Ich wäre froh, ihr Vater wäre hier und könnte sie sehen!"

Von da an war der Nachmittag für mich so gut wie gelaufen gewesen. Aber ich hatte es den Jungs und ihren Onkeln versprochen. So hielt ich durch und nutzte die erste Möglichkeit, die sich mir bot, um mich gemeinsam mit dem ersten Schwung der Aufbrechenden zu verabschieden.

Auf dem Heimweg machten Tom und Noah sich einen Spaß daraus, in möglichst jede Pfütze rein zu springen, die sich ihnen bot. Das war beim momentanen Schmuddelwetter, das in Deutschland herrschte, kein allzu großes Problem. Zum Glück war die Straße menschenleer, wir hatten alle Pfützen für uns.

Tom und Noah hatten Spaß, lachend liefen sie vor mir und sich selbst weg. Ich beobachtete lächelnd, wie auch Noah mal seine Mauern fallen ließ und ausgelassen mit seinem Bruder um die Wette rannte.

Wir waren fast an der Bushaltestelle und damit an einer vielbefahrenen Straße angekommen, als Noah die letzte Attacke auf seinen Bruder zu planen schien, der gerade rückwärts ging, um uns im Blick zu behalten. Noah beschleunigte, Tom stolperte gegen einen vor ihm gehenden Mann und innerhalb weniger Sekunden lagen drei Personen mitten in einer riesigen Pfütze aus Dreck und geschmolzenem Schnee. Meine Jungs lachten aus vollem Herzen und mir rutschte dasselbe in die Hose, als ich mich beeilte, zum Ort des Geschehens zu kommen. Ich konnte nur hoffen, dass der arme Kerl Spaß verstand und genug Humor hatte, um über sich selber und die Situation zu lachen. Leider hatte ich die Hoffnung nicht mehr, als ich sein Gesicht sah - nicht wirklich gut aussehend, was aber vor allem an seinem verkniffenen Mund liegen konnte.

Er war etwa in meinem Alter, wirkte durchtrainiert und irgendwie gefährlich. Seine blauen Augen funkelten mich und meine Kinder abwechselnd wütend an, er schien nach Worten zu suchen und die waren mit Sicherheit nicht nett: „Blöde Kuh, kannst du auf deine dummen Blagen nicht besser aufpassen? Sowas sollte echt verboten werden, wer seine Kinder nicht erziehen kann, der sollte sich erst gar keine zulegen …"
Er hörte nur auf zu reden, um Luft zu holen, während meine Söhne völlig verstummten und versuchten, sich aufzurappeln, ohne noch größeren Schaden anzurichten. Sie stammelten ihre Entschuldigungen, versteckten sich dann aber ängstlich hinter mir, als der Kerl weiter fluchend auf mich zukam und mit erhobener Hand den Eindruck machte, als wollte er die beiden oder mich schlagen.
„Wenn du Schlampe es nicht schaffst, deine Kids richtig zu erziehen, vielleicht sollte ich ihnen mal

zeigen, wie Erziehung richtig geht!"
Ich war viel zu erschrocken, um zu reagieren. Ich wusste nur, dass ich die beiden beschützen musste. Ich suchte immer noch nach Worten, als sich plötzlich von hinten ein Arm um meine Schultern legte und mein Angreifer merklich in sich zusammensank, als hätte jemand die Luft aus ihm rausgelassen.
„Hey Süße, sorry, es hat etwas länger gedauert", hörte ich eine Stimme sagen und spürte, wie mir ein Kuss auf die Stirn gedrückt wurde.
„Jungs, was habt ihr angestellt? Habt ihr euch wenigstens entschuldigt?" und an den immer noch vor Wut schnaubenden Mann uns gegenüber gerichtet: „Sorry, ich hoffe, Sie haben sich nicht weh getan – die Rechnung für die Reinigung übernehmen natürlich wir", mit diesen Worten nahm mein Retter sein Portemonnaie aus der Hosentasche und drückte seinem Gegenüber 50 € in die Hand. Dann zog er mich ohne ein weiteres Wort an dem mittlerweile nur noch erstaunt blickenden Mann vorbei und ging einfach weiter. Brav folgten Tom und Noah uns.

Er führte uns um die nächste Straßenecke und nun endlich fand ich die Zeit, ihn mir genauer anzusehen: groß, eindeutig größer als ich mit meinen 1,65 m, auch größer als mein Angreifer von eben, bestimmt 1,90 m, breite Schultern. Allein seine Statur erklärte, wieso der andere Mann ebenso schnell in sich zusammengesunken war.
Denn auch wenn der mir groß und durchtrainiert vorgekommen war, gegen meinen „Freund" kam er nicht an. Ich ließ meinen Blick weiter nach oben wandern, ein sexy Bartschatten, ein kleines Lächeln um die Mundwinkel, Lachfalten, grüne Augen und braune, etwas zu lange Haare. Mein Blick blieb an dem Ohrring

und an dem Tattoo, das sich unterhalb seines Ohres in Richtung Haaransatz zog, hängen.
„Na, magst du, was du siehst?" fragte er mit einem eindeutigen Lachen in der Stimme.

Ich merkte, wie ich rot anlief und um Zeit zu schinden, sah ich mich nach Tom und Noah um, die völlig verdreckt und nicht wirklich schuldbewusst neben mir standen und den Fremden ebenfalls anstarrten.
Natürlich fand Tom als erster seine Stimme wieder: „Boah, das war cool, hey, danke, dass du Mama gerettet hast. Der Kerl verstand überhaupt keinen Spaß."
Noah, ganz Kopfmensch, schien die Situation mehr zu begreifen: „Danke, wenn du nicht gekommen wärst, ich glaube, der wollte Mama wirklich hauen!"
Ich merkte, wie meine Knie wackelig wurden. Jetzt, nachdem alles überstanden schien, wurde mir der Ernst der Lage erst bewusst.
Was wäre gewesen, wenn dieser Fremde nicht aufgetaucht wäre?
„Danke, ich weiß nicht, was ich sagen soll. Vielen Dank, Sie haben uns eben sehr geholfen. Das Geld zahle ich Ihnen natürlich zurück."

Beim Griff in meine Tasche fiel mir ein, dass meine gesamten Barschaften sich auf 12,50 € beliefen und davon musste ich den Bus noch bezahlen. Ich würde eine Extraschicht einlegen müssen, um ihm die 50 € zurück zu zahlen, aber das war es mir wert.

„Ich habe jetzt leider kein Geld dabei, aber wenn Sie mir Ihre Nummer geben, dann bringe ich Ihnen das Geld, sobald ich es habe!"
„Sobald du es hast?", gedankenverloren wiederholte er meine letzten Worte, als würde ihm der Sinn des Satzes

erst so langsam klar. Er sah mir in die Augen. Ich hatte das Gefühl, als versuchte er, meine Gedanken zu lesen. Seine Blick ging tief, zu tief, hielt meinen gefangen. Ich spürte ein Kribbeln in meinem Inneren, das ich lange nicht gespürt hatte.
„Du musst mir gar nichts zurück zahlen, ich hab das gerne getan, wer rettet nicht gerne eine schöne Frau?"
Hinter mir hörte ich Tom und Noah ungläubig grunzen.
„Geht's noch? Schöne Frau?? Das ist nur Mama und keine schöne Frau!"
Das holte mich wieder auf den Boden der Tatsachen, Tom hatte Recht, ich war keine schöne Frau, ich war nur Mama und ich musste in einer Stunde im Bistro sein und meinen Dienst antreten. Ich musste 50 € mehr verdienen, ich musste die Jungs nach Hause bringen, ich musste ... und ich durfte auf keinen Fall mitten auf der Straße stehen und irgendeinem Fremden in die Augen sehen und Dinge fühlen. Dafür hatte ich keine Zeit!
„Nochmal danke, aber wir müssen jetzt los. Geben Sie mir Ihre Nummer? - Jungs, wir müssen, der Bus kommt gleich und ich muss heute noch arbeiten!"
„Wo müsst ihr hin? Ich kann euch fahren, ich hab mein Auto um die Ecke stehen", kam prompt der Einwand.
„Mama, das wäre doch super. Dürfen wir? Bitte, wir fahren so selten Auto!", meine Söhne schauten mit Dackelblick zwischen uns hin und her und ich wäre am liebsten im Boden versunken. Was musste er nur von uns denken? Kinder, die Autofahren als totalen Luxus ansahen und eine Mutter, die nicht mal 50 € in der Tasche hatte.
Ich straffte die Schulter, sah ihm in die Augen und wappnete mich gegen den Ausdruck vom Mitleid oder Gönnertum in seinem grünen Augen. Stattdessen wirkte seine Miene weich, neugierig vielleicht, interessiert,

eindeutig kein Mitleid. Zum Glück, damit hätte ich jetzt nicht umgehen können.

„Tom, Noah, ihr seid viel zu dreckig, um in einem Auto mitzufahren, außerdem hat der Herr bestimmt keine Kindersitze. Und nun Schluss, wir müssen los, ich muss eure Hosen noch waschen, sonst habt ihr....", der Rest des Satzes blieb mir im Halse stecken, 'morgen nichts anzuziehen' hätte uns wohl noch armseliger wirken lassen.

„Ich arbeite heute Abend im Bistro Retro hier in der Altstadt, wenn Sie da hin kommen, dann bekommen Sie Ihr Geld, Herr …"

„Sam, ich heiße Sam und ich werde sicher da sein!"

Mit diesem Worten zwinkerte er mir zu, drehte sich um und ging pfeifend die Straße entlang.

- 20.15 -

Meine Schicht hatte vor 15 Minuten angefangen, gut die Hälfte der Tische war besetzt und ich war ein nervliches Wrack.
Die Tatsache, dass Sam heute Abend hier auftauchen würde, machte mich nervös. Ich redete mir ein, dass das vor allem an der Tatsache lag, dass ich das Geld nicht hatte, dass ich mit viel Glück erst nächstes Wochenende genug Trinkgeld gespart haben würde, um 'mal eben so' 50 € abzweigen zu können. Die Jungs brauchten neue Schuhe, mal wieder, Toms Hose hatte den Unfall von heute Abend nicht überlebt, taugte wohl kaum noch für die Schule und der Frisörtermin musste nun auch länger warten.
 Ich hatte heute besonders viel Wert auf mein Äußeres gelegt, mir mehr Zeit genommen, meine Haare zu bändigen, sogar etwas Schminke aufgelegt - natürlich nur wegen der Trinkgelder.

Jeder gab einer hübschen Kellnerin gerne etwas mehr als einer, der man den Schlafmangel und die Geldsorgen ansah. Auf gar keinen Fall hatte es etwas mit diesem Mann zu tun. Auch, wenn sein Blick etwas in mir berührt hatte, das ich lange verloren geglaubt hatte, auch, wenn sein Kuss, seine Lippen auf meiner Stirn sich so gut angefühlt hatten, auch, wenn ich mich in seiner Nähe seltsam ruhig und sicher gefühlt hatte, auch, wenn der Gedanke an sein Lächeln mich lächeln ließ, auch...

„Ela - wovon träumst du?", die Stimme meiner Kollegin Nadine riss mich aus meinen Gedanken,

„Tisch 3 ist endlich bereit für die Bestellung!"
Die nächsten Stunden vergingen wie im Flug, mittlerweile waren alle Tische besetzt und Nadine und ich hatte alle Hände voll zu tun, um die Bestellungen aufzunehmen, zu servieren, abzuräumen. Schon längst bereute ich, dass ich meinem Outfit geschuldet die bequemen Sneaker gegen die unbequemen schicken Schuhe eingetauscht hatte. Aber meine Trinkgelddose zeigte, dass der Einsatz sich gelohnt hatte.

Ich räumte gerade die Gläser von der Spülmaschine ins Regal. Keine sehr beliebte Arbeit, denn zum einen waren sie ziemlich heiß und zum anderen mussten wir jedes Glas noch nachpolieren, als Nadine mich von der Seite anstieß: „Wow - Eyecandy - Alarm!"
Ich musste grinsen, Nadine war immer auf einen Flirt aus, suchte Mr. Right in möglichst vielen verschiedenen Betten und nicht selten ging sie mit einem unserer männlichen Gäste nach Hause. In ruhigen Phasen durfte ich mir dann regelmäßig ihre Geschichten anhören. Sie vergab für alles Mögliche Noten, vom Küssen über den Körper, seine „Standhaftigkeit" und ganz wichtig - seine Füße, ein Mann mit hässlichen Füßen war für sie ein totales no-go. „Definitiv eine 12 auf einer Skala von 1 - 10!", raunte sie mir zu. „Und er kommt zur Theke! Ich glaube, mein Abend ist gerettet!"
Da ich den Kunden in mehr oder weniger sicheren Händen wusste, überließ ich es Nadine, ihn zu bedienen. Ich beeilte mich, mit den Gläsern fertig zu werden, um die nächste Runde an den Tischen zu drehen, damit auch keiner unserer Gäste unzufrieden war.
Keine Minute später hörte ich Nadine neben mir leicht genervt flüstern: „Er will zu dir …, wieso erzählst du mir nichts, wenn du so einen Fang gemacht hast. Ich

erzähl dir doch auch alles!"
Bisher hatte ich nur davon gelesen, aber es schien tatsächlich zu existieren, dieses Gefühl, dass das Herz stehen bleibt. Langsam drehte ich mich um und mein Blick fand sofort Sams, der mich neugierig betrachtete. Er ließ seinen Blick einmal an mir heruntergleiten, um ihn dann langsam, ganz langsam wieder zu meinem Gesicht zurück zu bringen, wobei sein Lächeln immer breiter wurde, bis er mich offen ansah. „Hallo, schöne Frau!"
Sofort kam mir Toms Reaktion in den Sinn: „Das ist nur Mama und keine schöne Frau!", das reichte, um auf den Boden der Tatsachen zurück zu kommen - wieder einmal.
Ich schnappte mir mein Trinkgeldglas und ging zu ihm an die Theke.
„Hallo Sam, ich ähm …" ich zählte die Münzen in meine Hand ab, „ich kann dir jetzt 23,50 € geben und den Rest vielleicht nächstes Wochenende? Es ist im Moment etwas eng, aber ich zahl es dir zurück, ich habe dir echt noch mal zu danken, es war nicht selbstverständlich, was du heute für uns getan hast, die Jungs waren den ganzen Heimweg über aufgedreht. Danke, dass du uns aus der Patsche geholfen hast, ich weiß nicht, was sonst passiert wäre, ich meine …"
Meine Finger hatten während des Redens angefangen zu zittern, doch er machte keine Anstalten, das Geld zu nehmen und ich wusste nicht, was ich noch sagen sollte. So hob ich den Blick und sah, dass Sam mich beobachtete. Dann spürte ich, wie er seine viel größere Hand über meine legte, und meine Finger um das Geld schloss.
„Das war doch selbstverständlich. Und ich will dein Geld nicht, ich habe gerne geholfen!"
„Aber wenn du nicht wegen des Geldes hier bist -

warum dann?"

„Weil es mir die Möglichkeit gibt, dich zu sehen, denn du hast mir weder deinen Namen verraten noch haben wir Nummern ausgetauscht. Und ich wollte dich wiedersehen!"

„Warum denn das?", die Frage rutschte mir so raus, sie klang selbst in meinen Ohren abweisend.

Sam lachte laut auf, so dass sich die anderen Gäste an der Theke zu uns umdrehten und Nadine mir einen eindeutig neugierigen und leicht sauren Blick zuwarf.

„Das ist ja mal eine komische Frage, wieso will ein Mann eine Frau wiedersehen? Ist das nicht offensichtlich?"

Bevor ich antworten konnte - ich wusste auch gar nicht, was ich hätte sagen sollen - rief mich ein Gast zu sich. „Entschuldigung, die Arbeit ruft." Demonstrativ ließ ich den kleinen Haufen Münzen in seine Hand gleiten, bevor ich ihm meine Hand entzog und mich auf den Weg zu dem Tisch machte, der nach mir gerufen hatte.

Gegen Mitternacht - kurz bevor wir endlich den Laden für heute schlossen - saß er immer noch am selben Platz, mein Geld sauber gestapelt vor sich, direkt neben dem Wasser, das er wohl zwischendurch bei Nadine bestellt hatte. Deren Flirtversuche hatte er aber abgewehrt, denn sie hatte nie länger als 2 Minuten bei ihm gestanden und sich vor über einer Stunde ein anderes Opfer gesucht. Ein eindeutig willigeres, wie ich schnell festgestellt hatte.

Nachdem die letzten Gäste (alle außer Sam) gegangen waren, fing ich an, die Theke zu wischen. „Wir schließen, möchtest du noch etwas? Sonst würde ich dich bitten, auch zu gehen, damit ich Feierabend machen kann."

„Wie kommst du nach Hause?"

Ich hatte mit vielem gerechnet, nur nicht mit dieser Frage.

„Mit dem Bus und zu Fuß, wie sonst?", antwortete ich schnippisch.

„Ich bring dich - du brauchst ja keinen Kindersitz, oder?!", fragte er mich schmunzelnd.

Mir ging Goethes Zitat aus Faust durch den Kopf „bin weder Fräulein, weder schön, kann ungeleitet nach Hause gehen" - wie lange war es her, dass ich mich mit Literatur abseits von seichten Schnulzenromanen beschäftigt hatte? Vor den Kindern, bevor mein Leben eine Wendung genommen hatte, mit der ich nie gerechnet hatte.

Aber ich war müde, meine Füße taten weh und allein der Gedanke, dass ich mit diesen Schuhen noch einen guten Kilometer laufen müsste, brachte mich zum Stöhnen.

Also widersprach ich nicht, machte meine restlichen Arbeiten und verließ tatsächlich 15 Minuten später mit Sam das Bistro durch den Hinterausgang.

An seinem Auto angekommen staunte ich nicht schlecht, zu seinem Kleidungsstil mit (zugegebenermaßen sehr gut sitzender) Jeans, T-Shirt, Lederjacke und Bikerstiefeln hätte ich etwas Älteres als dieses Modell erwartet. (Keine Ahnung, was es war, irgendwas Amerikanisches, schwarz, groß - Autos haben mich nie interessiert, ich hatte auch noch nie eines besessen).

Er öffnete mir die Tür, schloss sie hinter mir, um dann selber auf seiner Seite einzusteigen. Diese Zeit nutzte ich, um den 50 € Schein, einen Großteil meiner Bezahlung für den heutigen Tag, zwischen zwei CDs zu schieben. Egal, ob ich nächste Woche noch mehr sparen müsste, ich wollte die Schulden zurückzahlen und zwar heute, ich wollte ihm nichts schuldig sein.

Als er ins Auto einstieg, schob er zwar den Schlüssel ins Schloss, leiser Rock der 90er kam aus den Lautsprechern, aber er machte keine Anstalten, loszufahren. Ich blickte ihn fragend an.
Seine Reaktion war wieder dieses leise Lachen: „Du musst mir schon sagen, wo du wohnst, schöne Frau!"
„Nun lass das endlich mit der schönen Frau - wie dir mein Sohn schon gesagt hat, ich bin keine schöne Frau, nur Mama!"
„Auch eine Mama kann schön sein - aber da du mir deinen Namen immer noch nicht verraten hast, bleibe ich eben bei schöne Frau, oder bevorzugst du etwas anderes? Süße, Baby, Darling...?"
Bei diesen Spitznamen zuckte ich wohl nicht nur innerlich zusammen, Sam bemerkte meine Reaktion. „Fehler? Sorry, wie heißt du, sagst du es mir …bitte?"
Dieses ‚bitte' war es wohl, das mich weich werden ließ: „Michaela, Ela", müde sank ich in den Sitz zurück, guckte zum Fenster raus und nannte noch meine Adresse, bevor er merken konnte, dass ich mit den Tränen kämpfte.
Nie, nie hatte ein anderer Mann diese Spitznamen benutzt, oder überhaupt einen - außer David, aber der zählte nicht.
Die Fahrt zu mir war schnell vorbei, zu schnell oder nicht schnell genug, darüber war ich mir nicht ganz im Klaren. Denn irgendwann hatte Sam einfach meine Hand genommen, sie sanft gedrückt und nicht mehr losgelassen, bis er vor der Haustür hielt.
Unauffällig wischte ich mir die Tränen aus dem Augenwinkel, die sich dort gesammelt hatten.
„Danke, der Weg hätte sonst fast 40 Minuten gedauert und ich bin jetzt einfach nur müde und stehe nun doppelt in deiner Schuld. Zum Glück muss ich jetzt keine Stufen mehr laufen - wir wohnen im

Erdgeschoss. Noch mal danke und … mach's gut."
„Ich würde lieber auf Wiedersehen sagen, Ela. Ehrlich, ich möchte dich wiedersehen."
„Ich glaube, das ist keine gute Idee, Sam!"
„Warum? Hast du einen Freund, einen anderen Mann in deinem Leben? Den Eindruck hast du nicht gemacht, habe ich etwas falsch verstanden?"
„Es gibt zwei andere Männer in meinem Leben, Sam, sie sind das Wichtigste, was ich habe und mir fehlen die Zeit und die Kraft für mehr. Gute Nacht!"
Mit diesen Worten stieg ich aus dem Auto aus und ging, ohne mich noch einmal umzudrehen, ins Haus. Ich schloss die Tür und lehnte mich von innen dagegen, kurz darauf hörte ich sein Auto davon fahren.
Besser so, dachte ich und ging ins Bett.
Leider kam der Schlaf heute nicht wirklich zu mir, immer sah ich Sams Gesicht, sein Lächeln. Ich spürte immer noch seine Hand auf meiner. Am liebsten würde ich wohl immer noch im Auto sitzen, auch wenn ich wusste, dass das nicht die klügste Sache wäre.

Ich zog den Ring aus und befühlte mein Tattoo, rief mir ein anderes Gesicht aus meiner Vergangenheit ins Gedächtnis.
„Was mach ich nur? Du fehlst mir so sehr, deine Jungs erinnern mich immer so sehr an dich. Acht Jahre ist es her, dass du mich verlassen hast, ich weiß, du hast es nicht gewollt, aber ich bin manchmal so alleine, es tut so weh. Aber was, wenn auch er mir das Herz bricht? Ich habe das Gefühl, als wäre es gerade wieder zusammengewachsen, aber noch mal stehe ich einen solchen Verlust nicht durch. Und ich darf auch nicht nur an mich denken, unsere Jungs haben was Besseres verdient …" Mit all diesen Gedanken schlief ich ein, doch im Schlaf kam der Traum, kam die Erinnerung.

8. März 2008

Er war seit 36 Stunden weg und sie vermisste ihn jetzt schon, wie sollte sie noch zwei Monate aushalten, bis er wieder kam, um sie dann mit in die Staaten zu nehmen. Sie vermisste einfach alles. Seinen Geruch, seine Nähe, seinen Blick auf ihr und seine Stimme. Sie hatte die letzte Nacht in seinem Shirt geschlafen, einfach um ihn zu riechen, um das Gefühl zu haben, dass er es ist, der sie hält.
Einfach alles in dieser kleinen Wohnung erinnerte sie an ihn. Überall hatte er kleine Dinge zurückgelassen. Die Dose, die sie gemeinsam auf einem Flohmarkt gefunden hatten. Die gerahmte Rechnung eines Kaffees – der erste, den er ihr hatte ausgeben dürfen. Ein Foto von ihnen beiden, das sie in einer dieser Fotomaschinen in einem Kaufhaus gemacht hatten.
Zum bestimmt hundertsten Mal wählte sie seine Handynummer - er hatte sich vom Flughafen aus bei ihr gemeldet, ihr erzählt, dass seine Familie keine Zeit hatte, ihn abzuholen, dass er sich jetzt einen Mietwagen nehmen und zu ihnen fahren würde. Sobald er angekommen war, wollte er wieder anrufen, wollte ihnen von ihr erzählen, wollte mit ihnen alles für ihre Ankunft vorbereiten. Ins Gästehaus wollten sie ziehen bis er genug Geld verdiente, um sich um sie beide kümmern zu können. Aber bisher hatte er nicht angerufen und auch dieses Mal klingelte das Telefon ewig. Sie wollte schon auflegen, als am anderen Ende abgenommen wurde.
Aber es war nicht seine Stimme, die sie hörte, es war die Stimme einer jungen Frau, die sich auf englisch

meldete.
„*Hello?*"
„*Hallo ‚ähmmm, can I speak to Dylan please - isn't that his number?*", *fragte sie etwas schüchtern auf englisch.*
„*This is Dylans sister speaking - who are you?*"
Wer sie war, warum musste sie das erklären, wieso war er nicht ans Telefon gegangen?
„*I'm a friend, can I speak to Dylan please?*"
Alle Englischvokabeln, die sie jemals beherrscht hatte, schienen wie weggeblasen, einen tollen Eindruck hinterließ sie bei seiner Familie.
„*Dylan..., there was an accident, he's..., I'm so sorry, he...*" *die Frau am anderen Ende fing an zu weinen,* „*he's gone...*"
Das Gespräch wurde unterbrochen.
Sie saß da, starrte das Telefon an und war zu keinem Gedanken mehr fähig.

23. Februar 2016

Mist, ich war zu spät dran. Ich hatte die Frühschicht im Bistro gehabt und wäre eigentlich um 13 Uhr zu Hause gewesen. Genug Zeit, um aufzuräumen, die Wäsche zu machen und noch eine Kleinigkeit für Tom und Noah zu kochen, bevor sie gegen Viertel nach drei von der Schule gekommen wären. Leider hatte sich eine Kollegin sehr kurzfristig krank gemeldet und ich ließ mich breitschlagen, bis drei Uhr weiter zu arbeiten, bevor mich meine Chefin ablösen konnte. Dank der 40 Minuten Heimweg war es nun kurz vor 16 Uhr. Zum Glück hatten die Jungs einen Notfallschlüssel und nach einem Anruf in der Schule waren sie zumindest darauf vorbereitet gewesen, dass sie erstmal alleine sein würden.
Schnell überschlug ich, was wir noch im Haus hatten, denn zum Einkaufen reichten weder die Zeit noch das Geld, aber aus Nichts etwas zu zaubern, darin war ich mittlerweile König - es würden wohl Pfannkuchen werden!
Ich öffnete unsere Wohnungstür, warf meine Tasche auf die kleine Kommode, die ein Andenken an meine Eltern war. Dann zog ich meine Schuhe aus, drückte die Tür zu und machte auf mich aufmerksam: „Tom, Noah, ich bin zu Hause, wo seid ihr?" Als Antwort kam ein mehrstimmiges „KÜÜÜÜCHE!" zurück und in diesem Moment roch ich eindeutige Essensdüfte.
Wie eine Furie rannte ich in Richtung Küche: „Sagt mal, Zwerge, ich hab euch ja total lieb, aber im Moment könnte ich euch echt an die Wand klatschen - ihr wisst ganz genau, dass ihr ohne Sue oder mich nicht

an den Herd dürft...!" In der Tür blieb ich wie erstarrt stehen, denn mit diesem Anblick hatte ich nun wirklich nicht gerechnet. Da standen nicht nur meine Söhne am Herd, sondern auch mein Retter von Samstag....

„Hallo schöne Frau,.... Ela," er zwinkerte mir zu und begrüßte mich mit einem schiefen Grinsen.
Ich nahm die ganze Situation in mich auf - meine Söhne mit breitem Grinsen, überall nicht ausgepackte Tüten voller Lebensmittel, auf dem Herd kochte irgendwas in zwei verschiedenen Töpfen und mittendrin Sam, Jeans, T-Shirt, Bikerstiefel, alles genau wie Samstag Abend, als ich dachte, ich sehe ihn nie wieder.
„Was machst du hier? Wieso bist du hier? Wer hat dich reingelassen?"
„Er stand vor der Tür, voll bepackt mit Einkaufstüten, als wir nach Hause kamen, da haben wir ihn mit rein genommen!"
„Hab ich euch nicht oft genug gesagt, dass ihr nicht mit Fremden gehen sollt, oder dass ihr sie nicht mit in die Wohnung nehmt, wenn sie davor rumstehen?"
„Aber er ist kein Fremder, wir kennen ihn seit Samstag und du hast gestern erzählt, dass er dich nach Hause gebracht hast - wenn er ein Fremder ist, wieso durfte er dich dann nach Hause bringen?"
Schach matt gesetzt durch Kinderlogik.
Sam hatte unsere Unterhaltung grinsend verfolgt.
Nun aber klatschte er in die Hände, um unsere Aufmerksamkeit zu erhalten.
„Wenn ihr dann fertig seid mit Diskutieren - wo sind die Teller? Das Essen wäre soweit, deine Söhne meinten, du magst Nudeln mit Lachs-Sahne-Soße? Ich wusste nicht, was ihr so bevorzugt, aber Nudeln gehen doch meistens bei Kindern, oder?"

Er hielt die Hand hoch und bekam ein ungefragtes high five von meinen Söhnen.

Die Zwillinge deckten den Tisch, als würden sie das immer tun und nicht, als würde ich ihnen sonst mit Strafe drohen, damit sie diesen Job übernahmen. Sie waren mit Feuereifer dabei und erzählten von ihren Schulerlebnissen, während Sam ihnen aufmerksam zuhörte und die Töpfe zum Tisch trug. Ich war sprachlos, diese ganze Szene war so unwirklich, so heimelig, so durch und durch normal. Sam passte in das Gesamtbild, als wäre er immer dabei gewesen. Die Jungs benahmen sich völlig natürlich mit ihm, als gehörte er dazu.

Ich merkte, wie mir die Tränen in die Augen stiegen - ich lehnte im Türrahmen und beobachtete die drei, wie sie die Teller füllten, Wasser einschenkten, haufenweise Parmesan über ihre Nudeln streuten und über eine Schulgeschichte von Noah lachten.

Sam sah zu mir herüber und sein Lächeln wich einem fragenden Blick. Ich schüttelte leicht den Kopf und wischte mir die Tränen aus den Augen - eigentlich weinte ich nicht so leicht, aber irgendwie schien sich das in den letzten Tagen geändert zu haben.

Ich stieß mich ab und setzte mich zu den Dreien an den Tisch.

Schnell herrschte gefräßige Stille. Ich hätte ohnehin nicht gewusst, was ich sagen sollte.

„Boah, das war lecker, kannst du öfter für uns kochen? Genug Kram hast du ja mitgebracht!"

„Tom, du weißt doch gar nicht, ob Sam für sowas Zeit hat!", versuchte ich meinen Sohn zu bremsen.

„Ich würde gerne noch mal für euch kochen - irgendwie lagen Samstag Nacht plötzlich 50 € in meinem Auto und da kam mir die Idee, ein paar Sachen für euch einzukaufen. Da kann man bestimmt noch das eine oder

andere daraus zaubern!", erwiderte Sam und zwinkerte mir zu – wie konnte Zwinkern nur so sexy sein, es sollte keine Schmetterlinge durch meinen Magen schicken. Ich schaute weg.
„Aber das Geld war dein Geld, du hattest es diesem Kerl gegeben und ich habe es dir zurückzahlen wollen!", protestierte ich, als mir klar wurde, was er gerade gesagt hatte.
Über den Tisch griff Sam nach meiner Hand und ließ sie da so lange liegen, bis ich ihm in die Augen guckte.
„Ich weiß es und du weißt es auch, ich wollte das Geld nicht zurück haben. Also habe ich es für euch ausgegeben. Aber ich komme gerne wieder und esse mit euch. So habe ich auch etwas von dem Geld! Ich mag Hausmannskost und für mich alleine koche ich nicht gerne, außerdem sind meine Arbeitszeiten so unregelmäßig, dass ich selten Lust dazu habe."
„Wo arbeitest du denn?", fragte Noah schüchtern, der der Unterhaltung bisher schweigend gefolgt war.
„Noah, sei nicht so neugierig …"
„Schon okay, Ela," wieder lag seine Hand auf meiner, als wollte er mich beruhigen, federleicht strich sein Daumen über meinen Puls.
„Ich habe eine kleine eigene Softwarefirma, ich kümmere mich um Sicherheitsprogramme für andere Firmen. Ich schreibe Programme für meine Kunden, rette Daten, gebe Schulungen, alles, was so anfällt. Früher war ich einer dieser Nerds, die den ganzen Tag vor dem Rechner hingen und programmierten statt was zu unternehmen. Eine Zeitlang habe ich Mist gebaut und Firmen gehackt, aber damit war kein Geld zu verdienen. Also hab ich dann doch Informatik studiert und nun bin ich einer der Guten! Reicht das als Antwort?"
„Hast du einen eigenen Computer, so richtig mit

Spielen drauf?", fragte Tom aufgeregt.

„Mama hat nur so'n altes Teil, das ist noch aus der Zeit, als sie studiert hat, also steinalt, das kann fast nix. Bringst du deinen mal mit?"

Bevor die Situation noch häuslicher wurde und meine Söhne Sam völlig vereinnehmen konnten oder ihn gar fragten, ob und wann er hier einziehen würde, unterbrach ich das Gespräch.

„So, helft mal mit beim Abräumen und Spülen, dann sind die Hausaufgaben dran. Tom, ich glaube, du musst noch lesen üben und Noah, du musste noch deinen Kram von gestern aufräumen, wenn ich mich nicht irre!"

„Ach Maaaaama, immer müssen wir alles machen. Sam, kannst du mit mir lesen üben? Dann kann Mama sich um die Küche kümmern."

„Tom, …", aber bevor ich protestieren konnte, lag Sams Hand schon wieder auf meiner: „Ich mache das gerne, wirklich!"

Ich gab mich geschlagen und nachdem alle ihre Teller in die Küche getragen hatten, verzogen sich die drei in völliger Eintracht in Richtung Kinderzimmer.

Ich räumte die Spülmaschine ein, spülte die Töpfe und machte mich daran, die Tüten auszuräumen.

Eins musste man Sam lassen, er hatte an alles gedacht: Nudeln verschiedenster Art, Fertigsoßen, Toastbrot, ein paar Konserven, aber nichts Ausgefallenes, eher tatsächlich typische Kinderdinge: Erbsen, Mais, saure Gurken, Apfelmus (okay, das aßen sie nicht), dann aber auch ein Flasche Wein, Oliven, Baguette. Gut und gerne genug für eine Woche.

Ich räumte alles weg und hatte tatsächlich Probleme, alles unterzubringen. So gut bestückt war unser Vorratsschrank noch nie gewesen. Die Dose mit eingelegten Paprika hielt ich etwas länger in der Hand, ich kannte die Marke, aber gekauft hatte ich es noch nie. Ich strich gedankenverloren mit dem Daumen über das Etikett.

„Ich hoffe, du magst sowas?" Ich zuckte zusammen, ich hatte Sam nicht kommen hören. Er stand nah hinter mir, zu nah. Er griff um mich herum, nahm mir die Dose aus der Hand und stellte sie ins Regal, direkt neben die Weinflasche. Seine Hände legte er danach auf meine Arme. „Ich war mir nicht sicher. Aber einen Versuch war's wert. Ich habe das Gefühl, dass du dir nie etwas gönnst. Nun kannst du sie essen oder sie schlecht werden lassen, auf jeden Fall hast du sie. Vielleicht machst du dir einen schönen Abend mit deiner Mitbewohnerin … oder du lädst mich ein, dann wären wir quitt..., aber glaube nicht, dass du mich dann los wärst!"

Ich musste schlucken, seine Nähe, sein Geruch, seine Berührung waren fast zuviel für mich. Ich erlaubte es mir und lehnte mich zurück an seine Brust, ließ mich von seiner Wärme umfangen.

„Ich glaube, das wäre keine gute Idee, Sam, ich habe eine Verantwortung meinen Jungs gegenüber, ich kann mich nicht einfach mit einem Mann treffen. Ich sehe doch jetzt schon, wie sie auf dich reagieren. Sie saugen jede männliche Aufmerksamkeit in sich auf und wenn wir ihnen einen falschen Eindruck vermitteln … "

„Was für einen falschen Eindruck denn? Ela, ich mag dich, ich will dich kennenlernen …"

„Du weißt nichts von mir, wie kannst du sowas sagen?"

„Ich weiß genug, um dich kennenlernen zu wollen. Auch, wenn ich merke, dass du Mauern um dich gebaut hast, die so hoch sind, dass du selber kaum noch weißt, wer du bist!"

Wütend drehte ich mich rum - um gegen seine Brust zu stoßen, ich hob den Blick und funkelte ihn an. Lange hielt ich seinem Blick aber nicht stand und schaute wieder nach unten. Wie konnte er es wagen, sowas zu sagen? Er wusste nichts von mir, von meinem täglichen Kampf ums Überleben, von meinem Spagat zwischen Job, Mutter und Hausfrau.

„Hey," er bewegte seine Hände an meinen Armen sanft auf und ab. „Ich wollte dir nicht zu nahe treten, aber immer, wenn ich das Gefühl habe, dass ich dir ein bisschen näher komme, machst du dicht, ziehst dich zurück, findest Ausreden, schiebst deine Söhne vor. Ela, ich bin jetzt hier und eigentlich habe ich nicht vor, so schnell wieder zu gehen."
Mit diesen Worten legte er mir seine Hand unter mein Kinn und zwang mich mit leichtem Druck dazu, ihm in die Augen zu sehen. Den Ausdruck darin hatte ich lange nicht mehr gesehen, Zuneigung, Neugier, Freude, … Lust? Langsam kam sein Gesicht meinem immer näher, sein Blick fiel auf meine Lippen, wanderte zurück zu meinen Augen, fragend, um Erlaubnis bittend, seine Lippen kamen meinen immer näher, bis wir nur noch Millimeter voneinander entfernt waren. Ich spürte seinen Atem auf meinen Lippen, spürte, wie seine Lippen meine federleicht berührten …
„Sam, ich weiß nicht, ob das eine gute Idee ist …" flüsterte ich, allerdings ohne wirklich Widerstand zu leisten. Im Grunde sehnte ich mich nach dieser Berührung, nach diesem Kuss. Dem ersten Kuss eines Mannes seit Dylans Abschiedskuss vor so vielen Jahren. Hatte er recht?
Hatte ich wirklich so hohe Mauern um mich errichtet, dass ich mich selbst nicht mehr finden konnte?
In dem Moment, in dem seine Lippen meine berührten, hörte mein Gehirn auf, klare Gedanken zu formulieren und ich erlaubte mir etwas, was ich mir lange nicht

gegönnt hatte - ich hörte auf zu denken und fühlte nur noch.
„SAAAAAM - wo bleibst du? Du wolltest doch nur kurz Mama helfen, wir wollten doch spielen!"
Schuldbewusst schob ich Sam von mir weg, fuhr mir über den Mund, entzog mich seiner Umarmung und drehte mich von ihm weg. Der Moment, so schön er auch gewesen war, war vorbei. Und ich wusste nicht, ob ich böse mit meinen Söhne sein sollte oder dankbar.
„Ela, ich ...", fing er an, doch ich schüttelte nur den Kopf.
„Geh zu ihnen und richte ihnen bitte aus, dass in 'ner halben Stunde Schluss ist, morgen ist Schule, sie müssen noch duschen, wollen ihre Comicserie gucken und dann geht's ins Bett."
Ohne ein weiteres Wort verließ er die Küche und mir stiegen die Tränen in die Augen - schon wieder!
Zum Glück hörte ich fünf Minuten später, wie Sue die Wohnungstür aufschloss. Ein klares Zeichen dafür, dass ich nicht mehr ungestört mit Sam sein würde. Etwas, was ich in Zukunft wirklich vermeiden musste, wenn ich bei klarem Verstand bleiben wollte.

„Ela, ich muss sagen, so eine geregelte Arbeit ist echt nichts für mich, glaube ich. Ich bin zu kreativ für diesen Schreibtischposten, die anderen sind so steif, die haben echt 'nen Stock verschluckt, ich halt das da nicht mehr lange aus." Erst jetzt bemerkte sie, dass ich geweint hatte. „Was ist los mit dir?"
Schnell wischte ich mir die Tränen aus den Augen und setzte ein ziemlich gequältes Lächeln auf. „Was soll denn los sein?"
„Ich weiß nicht, du hast Tränen in den Augen und dein Gesicht sieht aus, als hättest du am Sahnetopf genascht?!"

Genau diesen Moment wählten Tom und Noah mit Sam im Schlepptau, um ebenfalls in die mittlerweile völlig überfüllte Küche zu kommen.

„Mama, Sam hat versprochen, mit uns heute Abend noch Fernsehen zu gucken und uns dann ins Bett zu bringen - darf er bleiben? Biiiiiitttte!"

„Ela - kannst du mich mal bitte aufklären?", ich hörte deutlich die Frage in Sues Worten (wer zum Teufel ist das, was macht er hier und warum weiß ich von nichts?).

Sam war ganz Sam und ging offen auf Sue zu. Er streckte ihr seine Hand entgegen und stellte sich vor: „Ich bin Sam, du musst Sue sein, ich bin ein Freund von Ela und wenn es nach mir geht, dann siehst du mich in Zukunft öfter hier!"

Das klang in meinen Ohren fast wie eine Drohung. Aber Sue grinste übers ganze Gesicht: „Darauf freu ich mich jetzt schon!"

„Mama - dürfen wir jetzt oder nicht?", alle vier schauten mich fragend an.

Was sollte ich sagen? Gegen diese geballte Macht kam ich nicht an. Leicht genervt warf ich die Arme in die Luft: „Wieso fragt ihr überhaupt, wenn es sowieso schon beschlossene Sache zu sein scheint? Aber dann jetzt sofort aufräumen, Schultasche packen und unter die Dusche. Wenn ihr in 20 Minuten beide fertig und frisch geduscht auf dem Sofa sitzt, dann dürft ihr auch noch fernsehen."

„Du bist die beste Mama der ganzen Welt, danke." Mit diesen Worten verschwanden die beiden. Ich hörte, wie sie Pläne für den nächsten Tag machten, während Sam mit Sue und mir in der Küche zurückblieb.

„Ich soll dir übrigens sagen, dass Tom den Text ziemlich gut gelesen hat. Eigentlich kann er ihn auswendig. Ich kann also nicht wirklich beurteilen, wie

viel er gelesen hat und Noahs Rechenhausaufgaben habe ich auch kontrolliert, alles richtig. Ich habe ihn aber ein paar Sachen neu schreiben lassen, denn das war nur hingeschmiert."
Sue stand mit offenem Mund an den Kühlschrank gelehnt und schaute sprachlos zwischen Sam und mir hin und her.
„Ach, und Sue, im Kühlschrank sind noch Reste vom Essen - ich hab Nudeln mit Lachs-Sahne-Soße gekocht - ich hoffe, du magst das auch?"
„Also gut, wo ist die versteckte Kamera? In welchem Universum bin ich denn hier gelandet, seit wann haben wir eine männliche Nanny? Das ist doch alles nicht wahr, ich war gerade mal 9 Stunden weg und hier ist alles anders - selbst die Vorräte sind aufgefüllt."
Sam kam zu mir und nahm mich wie selbstverständlich in den Arm: „Lass dir das heute Abend in Ruhe von Ela erklären. Vielleicht bei einer Flasche Wein? Ich muss jetzt Fernsehgucken und sobald die beiden im Bett sind, verschwinde ich auch, ich muss noch einen Auftrag fertig bekommen, das bedeutet eine Nachtschicht." Er drückte mir einen sanften Kuss auf die Schläfe. Dann zwinkerte er uns zu, vergrub seine Hände in den Hosentaschen und verließ die Küche in Richtung Sofa. Ich sah ihm nach. Ich konnte nicht anders als das Spiel seiner Muskeln an den Armen zu bemerken. Wieso sah der Kerl auch nur so gut aus?
Im Wohnzimmer machte er es sich fröhlich pfeifend bequem und wartete darauf, dass Tom und Noah frisch geduscht im Schlafanzug angeflitzt kamen, sich links und rechts neben ihn setzten und an ihn rankuschelten.
Während sie sich eine Zeichentrickserie anschauten, nahm ich den Wein aus dem Schrank, öffnete die Flasche und schenkte Sue und mir ein ordentliches Glas ein. Erst nach dem ersten Schluck fand ich meine

Stimme wieder.
„Frag nicht, ich weiß auch nicht, was hier los ist. Ich kenne Sam erst seit Samstag, von der Aktion hab ich dir erzählt, du weißt auch alles von Samstag Nacht. Als ich heute etwas zu spät heim kam, stand er kochend in unserer Küche und benimmt sich jetzt so, als würde er hier hin gehören. Was soll ich nur tun, Sue? Das geht doch nicht, ich meine, das kann er doch nicht machen? Was will er hier? Und was mache ich, wenn er nicht mehr kommt? Einen Tag ein bisschen Vater spielen ist ja unterhaltsam, aber wie lange wird ihm das Spaß machen? Was meinst du, wie die Jungs das aufnehmen, wenn er ein paar Mal kommt und dann verschwindet, weil es ihm dann doch zu viel ist? Sie haben ihren Vater nie kennengelernt und sie sind so leicht zu beeindrucken. Wenn er ihnen das Herz bricht, dann darf ich sie trösten und er ist weg …"
Sue grinste mich an: „Vielleicht holst du erstmal Luft, Süße, und auf mich macht er ehrlich nicht den Eindruck, als wüsste er nicht, was er hier tut. Er scheint sich eher ziemlich sicher zu sein, was er will - und das bist eindeutig du, als Komplettpaket. Zerdenk nicht gleich zu Anfang alles, lass es langsam angehen und schau, wohin es führt …"
„Aber Tom und Noah …"
„Was ist mit denen? Ich habe den Eindruck, als kämen die beiden prima mit der Situation klar. Du bist es, die ein Problem hat, stimmt's? Du hast Angst um dein Herz, oder?"
„Sue, ich kann das nicht. Meine längste Beziehung dauerte knapp 5 Monate, dann war ich alleine und schwanger mit Zwillingen. Mehr Erfahrung hab ich nicht. Wie soll das funktionieren? Was erwartet er von mir?"
Sue nahm mich in den Arm und streichelte mir sanft

über den Rücken: „Ich glaube nicht, dass er irgendetwas erwartet!"

Aus dem Wohnzimmer wurden Stimmen laut. „Das kann ich euch nicht versprechen, das muss eure Mutter entscheiden."
„Komm, wir gehen sie fragen!"
Und keine Minute später zogen meine Söhnen Sam in die Küche, jeder an einer seiner Hände.
„Mamaaaaaa, du hast uns doch versprochen, dass wir am Sonntag schwimmen fahren. Da musst du doch erst abends arbeiten. Darf Sam mit ins Schwimmbad? Er meint, er hat Zeit!", und wieder dieser Dackelblick, den die beiden wirklich perfektioniert hatten. Sam hingegen grinste schief und zuckte entschuldigend mit den Schultern, dabei sah er aber nicht sehr schuldbewusst aus.
„Tom, Noah, ich weiß nicht so recht, immerhin kennen wir Sam erst seit ein paar Tagen, ich überleg es mir und nun ab ins Bett!"
„Okay, gute Nacht, Mama - wir haben dich lieb - bis zum Mond und zurück!", beide drückten mir einen Kuss auf die Wange und zogen Sam wieder hinter sich her, diesmal in Richtung Schlafzimmer. Ich blieb verdutzt in der Küche zurück.
Sie hatten es ernst gemeint, sie ließen sich von Sam ins Bett bringen. Zum ersten Mal in ihrem Leben brachte ich sie nicht ins Bett, obwohl ich zu Hause war. Natürlich hatten David oder Sue das schon öfter gemacht, wenn ich arbeiten musste. Aber wenn ich da war, war das meine Aufgabe. Ich fragte mich, ob ich beleidigt, traurig oder froh sein sollte. Ich war mir nicht so sicher, wie es mir mit dieser Situation ging.
Ein paar Minuten später kam Sam aus dem Kinderzimmer, zog mich kurz an sich und drückte mir

einen Kuss auf den Scheitel. „Danke, dass ich das machen durfte, das war bestimmt komisch für dich. Aber ich soll dich sofort zu ihnen schicken, du sollst gucken, ob sie richtig zugedeckt sind. Ich verabschiede mich dann jetzt auch."
Ich brachte ihn zur Wohnungstür, er lehnte sich an den Türrahmen. „Wirst du dem hier, wirst du mir und uns eine Chance geben? Denn ich muss sagen, ich würde verdammt gerne die Möglichkeit haben, rauszufinden, wohin das mit uns führt. Ich habe wirklich ein ziemlich gutes Gefühl. Denk darüber nach - aber lehn es bitte nicht direkt ab, versprichst du mir das? Ich glaube ehrlich, dass ich das beste bin, was dir je passiert ist."

Mit diesen Worten gab er mir einen sanften Kuss auf die Lippen und ging pfeifend und mit den Händen in den Hosentaschen Richtung Ausgang. Er drehte sich auch nochmal um und zwinkerte mir zu, bevor er die Haustür öffnete und das Haus verließ.

Zwei Stunden später zeigte mein Handy eine eingegangene Nachricht einer unbekannten Nummer an. Neugierig öffnete ich das Programm.
„Sei nicht böse, Noah hat mir deine Nummer gegeben. Schlaf schön und träum von mir, schöne Frau xo".
Mit einem Lächeln schlief ich ein.

24. Februar 2016

- 15 Uhr - David - Tattoostudio Mr. Van T. -

„Micha, wir müssen über deinen Bruder reden. Gestern war der den ganzen Nachmittag weg, dann kommt er abends wieder und hackt die halbe Nacht wie verrückt auf seinem Rechner rum.
Findest du sein Verhalten nicht auch seltsam? Heute Morgen hab ich ihn überhaupt nicht gesehen. Irgendwas stimmt da ganz und gar nicht. Bist du sicher, dass er nicht wieder in irgendeinem Schlamassel steckt? Ich weiß, seit damals ist viel Zeit vergangen und er scheint nichts mehr mit dieser Szene zu tun zu haben, aber ich habe keine Lust, dass die Polizei bei uns vor der Tür steht wie damals bei euren Eltern!"
Mein Freund nahm mich in den Arm, er konnte sich sicher auch gut daran erinnern, wie die Situation für ihn und seine Eltern gewesen war. Samuel hatte vor über 10 Jahren echt in der Scheiße gesteckt, aber angeblich war er fertig mit dieser Sache. Aber man weiß ja nie!
„Ich hab ihn heute Morgen noch gesehen, da warst du schon im Studio. Er meinte, dass er sich eine Wohnung suchen wolle, er hat tatsächlich vor, sich hier nieder zu lassen. Von wo aus er seine Aufträge bearbeitet, sei im Grunde egal und es würde ihm hier ziemlich gut gefallen. Was auch immer das heißen mag. Und was deine Bedenken angeht - ich glaube, er hat seine Lektion gelernt und lässt die Finger von illegalen Dingen!" Mit diesen Worten zog er mein Gesicht zu sich herunter, um mir einen dicken Kuss zu geben.

In diesem Moment öffnete sich die Ladentür.
„Oh nein, ihr nicht auch noch, Erwachsene sind echt sowas von doof. Müsst ihr euch immer küssen? Das ist doch ekelig!!"
Unzweifelbar hatten gerade unsere Patensöhne den Laden betreten.
„Hi, was führt euch hierher und was heißt überhaupt ihr nicht auch noch? Wer denn sonst noch?"
„Mama hat 'nen Freund!", platzte es aus Tom heraus. „Die kennen sich erst seit Samstag und gestern war er da, er hat sie die ganze Zeit angefasst, Händchen mit ihr gehalten und sie geküsst!"
„Kannst du das bitte wiederholen?", ich war ziemlich erstaunt.
Ela hatte seit Dylans Tod nie auch nur einen anderen Mann angesehen, geschweige denn geküsst und nun sowas? Das passte gar nicht zu ihr.
„Na, im Grunde ist er echt in Ordnung - er hat uns am Samstag auf dem Heimweg ziemlich aus der Patsche geholfen und gestern stand er vor unserer Haustür als wir aus der Schule kamen. Er hat für uns eingekauft und dann mit uns gekocht, während wir auf Mama warteten. Und mit uns gespielt, uns was vorgelesen, ferngesehen und uns ins Bett gebracht. Außerdem hat er ein cooles Auto und einen tollen Computer. Er hat uns versprochen, den mal mitzubringen, damit wir damit spielen können und am Sonntag kommt er mit uns schwimmen!"
Die beiden waren völlig aufgedreht und redeten durcheinander, ich konnte ihnen kaum folgen. Alles, was ich verstand, war, dass Ela innerhalb von wenigen Tagen einen Mann in ihr Leben gelassen hatte und das in allen Bereichen.
„Ich hab nur Angst, dass er Mama weh tut", meinte

Noah ziemlich kleinlaut.
Das ließ alle Alarmglocken in mir schrillen.
„Wieso sollte er deiner Mama weh tun? Hat er ihr gestern etwas getan? Will sie gar nicht, dass er da ist?"
In meinem Hirn spielten sich alle möglichen Szenen ab, von einem gewalttätigen Stalker, der Ela und die Jungs zu Hause einschloss, der Ela dazu zwang, Zeit mit ihm zu verbringen, der sich ihr aufdrängte...

„Na, weil Mama noch nie einen Freund hatte. Sie sagt doch oft, dass sie unseren Papa immer noch so liebt, dass es weh tut. Und wenn sie Sam nun auch liebt und der tut ihr dann auch weh? Sie sah gestern so komisch aus, mal lächelte sie, dann guckte sie total traurig, ich glaube, sie hat auch geweint. Erwachsene sind echt seltsam. Sam hat gesagt, dass er gerne mit uns schwimmen geht, aber Mama meinte, dass er das vielleicht gar nicht will oder keine Zeit hätte am Sonntag.
Ich glaube, ich will nicht erwachsen werden, wenn man sich dann so doof benehmen muss."
Mit diesen Worten widmete Tom sich den Keksen, die wir für die Jungs immer hinter dem Tresen aufbewahrten.
Mit vollem Mund meinte er dann noch: „Und nun müssen wir heim, Mama macht sich sonst wieder Sorgen! Tschüss, wir sehen uns morgen, da musst du uns wieder babysitten, wenn Mama arbeiten ist!!"
Und weg waren sie.
Ich nahm mein Handy und schrieb Ela sofort eine Nachricht.
„Deine Jungs waren gerade hier - du hast einen Freund? Wer ist das und wieso weiß ich nichts davon?"
Zwei Häkchen zeigten, dass sie die Nachricht sofort gelesen hat - eine Antwort bekam ich allerdings erstmal

nicht. Damit hatte ich auch nicht gerechnet. Ich glaube nicht, dass ich es hatte wissen sollen …
Ich war unschlüssig, was ich von dieser Entwicklung halten sollte.

- Ela -

Oh Gott, ich hätte damit rechnen müssen, dass die beiden auf dem Rückweg bei David und Michael vorbeischauen würden und ihnen von Sam erzählten. Sue, deren Eltern und die beiden Tätowierer waren das, was einer Familie am nächsten kam. An wen sollten sie sich sonst wenden?
Ich überlegte, was ich Sinnvolles zurückschreiben konnte.
Ich tippte … und löschte, machte einen neuen Versuch und löschte auch das. Wie sollte ich meinem ältesten und besten Freund, dem Mann, der einem großen Bruders am nächsten kam, erklären, was das mit Sam war. Ich verstand es ja selber nicht.
Und genau das tippte ich dann auch.
„Wenn du eine Erklärung willst - die hab ich nicht, ich versteh es selber nicht, Sam war einfach da und nun will er nicht gehen. Ich weiß nicht, was ich davon halten soll."
„Was soll das heißen, er will nicht gehen? Zwingt er dich zu irgendwas?"
„Nein, Quatsch, er will … mich, uns, zumindest hat er das gesagt. Aber er kennt uns gerade mal 4 Tage. Wie kann er sowas sagen?"
„??"
„Tolle Antwort, sehr hilfreich."
„Ich weiß nicht, was ich sagen soll - wie geht es dir damit?"
„Es fühlt sich gut an, zu gut vielleicht …"
Nun war es raus, zumindest David wusste es jetzt und mir gegenüber war ich halbwegs ehrlich - es fühlte sich einfach gut an. Wenn Sam bei mir war, mich in den

Arm nahm, mich anlächelte, dann ging es mir gut.
„Wann lernen wir ihn kennen?"
„Bald - oder wenn er die Lust verliert, dann gar nicht!"

Mein Handy brummte wieder - diesmal nicht David, sondern Sam.
„Was machst du?"
„Ich warte auf die 2, dann volles Programm und Arbeit"
„Also keine Zeit für mich?"
„Sry, nein..."
„Wann hast du heute Schluss? Ich komm dich holen"
„22.30"
„Deal, CU xo"

Die Schmetterlinge in meinem Bauch schlugen Salto.

28. Februar 2016
- 13 Uhr -

Dates in Schwimmbädern sollten verboten werden! Natürlich hatten die drei Herren sich gegen mich verschworen und natürlich kam Sam mit zum Schwimmen. Nicht nur, dass er diese Woche quasi jeden Abend entweder bei uns zu Hause aufgetaucht war, gekocht oder mit den Jungs gespielt hatte, nein, er holte mich nach meinen Nachtschichten ab, brachte mich heim. Er hielt meine Hand im Auto, er brachte mich zur Haustür, er gab mir fast unschuldige Küsse - bis auf einen, der war nun wirklich alles andere als unschuldig gewesen. Mir wurde jetzt noch ganz heiß, wenn ich daran dachte.
Nein, er war heute auch pünktlich vor unserer Haustür erschienen, um uns zum Schwimmen abzuholen - auf der Rücksitzbank zwei vorschriftsmäßige Sitzerhöhungen, so dass mir kein Argument eingefallen war, warum wir nicht mit ihm hätten fahren sollen.

Und heute das - ich ging regelmäßig mit den Jungs schwimmen, das war bisher kein großer Akt gewesen. Aber nun stand ich mit ihnen in der Familienumkleide (bevor die beiden Zwerge auch nur auf die Idee kommen konnten zu fragen, ob Sam sich nicht mit uns zusammen dort umziehen wollte, hatte ich ihn schon an den Einzelkabinen stehen lassen) und betrachtete mich von oben bis unten. Mein vorsintflutlicher Einteiler hatte echt schon bessere Zeiten gesehen, er war unförmig, alt, oft getragen, völlig aus der Mode und

machte weder ein schlankes Bein noch eine schmale Hüfte.
Oft hatte ich beim Schwimmen die „Modepüppchenmütter" betrachtet und mich gefragt, wieso die so einen Wert auf ihr Äußeres beim Schwimmen legten. Sie kamen mit ordentlicher Frisur und perfekter Schminke in den neusten Modellen ins Schwimmbad und sahen auch nach 2 Stunden schwimmen noch genauso frisiert und geschminkt aus - und ich? Nach wenigen Minuten glich ich einem abgesoffenen Pudel.
Innerlich verfluchte ich mich, dass ich nicht etwas mehr darüber nachgedacht hatte. Aber was hätte ich tun können? Geld für was Neues hätte ich sowieso nicht gehabt und im Gegensatz zu den anderen Weibern blieb ich nicht am Beckenrand, sondern tobte mit Tom und Noah durchs Wasser. Also straffte ich die Schultern und ging erhobenen Hauptes.... direkt in mein Unglück.

Sam war schon am Beckenrand und als ich ihn da stehen sah, fragte ich mich einmal mehr, was er von mir wollte.
Seine Badehose saß tief auf seinen Hüften und bedeckte etwa den halben Oberschenkel. Sein muskulöser Rücken war zu einem großen Teil mit einem Drachentattoo bedeckt, dessen obere Flügelspitze sich über den Hals in Richtung Haaransatz zog (das war der Bereich, der mir schon bei unserer ersten Begegnung ins Auge gefallen war). Er wirkte wie jemand, der sehr auf seinen Körper achtete, der viel Sport machte und sich seiner Ausstrahlung voll und ganz bewusst war.
Das bemerkten wohl auch die anderen Frauen und nicht wenige hatte sich mittlerweile sehr nah an seine Position heran gerudert. Man konnte deutlich erkennen, dass sie versuchten, seine Aufmerksamkeit zu erregen.

Überall wurden Dekolletés in dekorativen Bikinioberteilen aus dem Wasser gehoben.
Ich wollte schon den Rückzug antreten, das hier war eine ganz blöde Idee gewesen. Zum einen konnte ich mit den Frauen niemals mithalten, zum anderen merkte ich, wie sich ein Besitzinstinkt in mir rührte, den ich von mir gar nicht kannte. (Woher auch? Vor und erst recht nach Dylan hatte ich keinen ernstzunehmenden Freund gehabt und Dylan und ich waren von Anfang an eine solche Einheit gewesen, dass ich nie zweifeln musste - aber jetzt? Mit diesem Mann war alles anders und diese Erkenntnis ärgerte mich ein bisschen!)

Wie immer hatte ich die Rechnung ohne meine Söhne gemacht. Mit lautem Gebrüll rannten sie auf Sam zu. Der drehte sich gerade noch im richtigen Moment um, um die beiden mit all ihrem Schwung mit sich ins Wasser zu ziehen, als sie versuchten, ihn reinzustoßen. Sehr zu meiner Freude wurden all die heran gepirschten Weiber durch das Wasser, das bei dieser Aktion durch die Gegend spritzte, ordentlich durchnässt. Sie warfen abwechselnd mir und dem im Wasser tobenden Knoten aus 6 Beinen, 6 Armen und 3 Köpfen wütende Blicke zu und traten den Rückzug an.
Ich setzte mich an den Beckenrand und beobachtete die drei. Irgendwann in den letzten Tagen hatte ich mich daran gewöhnt, sie als Einheit zu betrachten. Einerseits ein sehr komisches Gefühl, denn bisher gab es nur Tom, Noah und mich, aber Sam passte hervorragend ins Bild. Es dauerte nicht lange, bis einer der Bademeister leicht angesäuert auf der Bildfläche erschien und sie zu sich an den Beckenrand zitierte.
„Ich muss Sie und Ihre beiden Söhne bitten, sich an die hier herrschenden Regeln zu halten, dazu gehört, dass man nicht vom Beckenrand springen darf und sich auch

sonst ruhiger im Schwimmerbereich des Beckens benimmt, um den Schwimmbetrieb nicht zu stören."
„Hast du gehört, Papa, wir müssen uns mehr benehmen!", tönte Tom laut vernehmlich durch die halbe Halle.
Ich hatte das Gefühl, mein Herz müsse stehen bleiben und auch Sam war sich der Szene wohl sehr bewusst, sein Blick suchte sofort meinen. Doch statt Überraschung oder Irritation las ich darin nur einen ruhigen, zufriedenen, glücklichen Ausdruck.
Als er dann auch noch „Entschuldigung, meine Söhne und ich werden uns ab jetzt besser benehmen!" antwortete, musste ich schlucken und guckte weg.

Nach zwei Stunden - in denen ich auch gar nicht hätte da sein müssen, denn die drei genügten sich völlig selber - startete ich einen Versuch, die Wasserratten in Richtung Dusche zu bewegen. (Zum Glück hatte ich aber meinen eReader eingesteckt und es mir in einem der am Rand stehenden Strandkörbe gemütlich gemacht, wann hatte ich schon mal die Gelegenheit, fast zwei Stunden ungestört zu lesen?)
Ich schwamm zu ihnen hinüber. „Sagt mal, sollen wir langsam mal Schluss machen? Ich will ja kein Spielverderber sein, aber..."
„Och Mama, wieso denn so früh?"
„Tom, du hast gehört, was deine Mutter gesagt hat, Schluss für heute, aber wir können das mit Sicherheit wiederholen, oder?"
Mit diesen Worten schwamm Sam hinter mich und legte mir die Arme um die Hüften. Er zog meinen Rücken an seine Brust und drückte mir einen Kuss auf die Schläfe. Gedankenverloren lehnte ich mich an ihn und genoss seine Nähe, wenn auch nur kurz. Die ganze Situation schien uns beide zu verwirren, denn er ließ

mich los und schaute fragend auf mich herab.

Dann verließen wir alle das Wasser, zogen uns an und trafen uns am Ausgang wieder. Sam war natürlich schneller gewesen als wir und wurde gerade von einer der Weiber in Beschlag genommen: „ …ich hab dich hier noch nie mit den Jungs zusammen gesehen …" war alles, was ich noch hören konnte.
Sams Antwort kam prompt und klang völlig aufrichtig: „Dann gewöhn dich besser daran, mich jetzt öfter mit ihnen und ihrer Mutter zu sehen." Er drehte sich demonstrativ von ihr weg und strahlte uns an. „Pizza?"
Tom und Noah liefen zu ihm, wieder nahm jeder eine seiner Hände und mir bleib nichts anderes übrig, als ihnen zum Auto zu folgen.

- 23.00 -

Meine Schicht zog sich endlos hin. Es war heute Abend verdammt ruhig, was Nadine jede Menge Zeit gab, mich wegen Sam zu löchern. Sie war der Meinung, da sie mir immer alles von ihren Eroberungen auf die Nase band, hätte sie ein Recht darauf, dass auch ich ihr alles von Sam erzählen sollte. So langsam gingen mir die Ausreden und die möglichen Arbeiten aus, als das Objekt unserer beider Begierde (bei ihr war es die Neugier, bei mir eindeutig eine andere …) das Bistro betrat.
Wie immer an den letzten Abenden zwinkerte er mir zu, setzte sich an die Theke, bestellte ein Wasser und wartete, bis wir den Laden schlossen. Dann ging er mit mir raus und führte mich zu seinem Auto. Bisher hatten wir kaum ein Wort miteinander gewechselt und auch jetzt sprach keiner von uns. Ich lehnte mich mit dem Rücken gegen die Beifahrertür und schaute ihm in die Augen. Sam senkte zuerst seinen Blick und kurz darauf seinen Mund auf meinen und küsste mich, zuerst sanft, vorsichtig, er schien sich langsam heranzutasten, er knabberte an meiner Unterlippe, fuhr mit seiner Zunge sanft darüber, schien meine Reaktion genau zu beobachten. Wartete darauf, dass ich meinen Mund öffnete. Dann vertiefte er den Kuss, er legte mir seine Hände sanft an meine Wangen und neigte meinen Kopf leicht zur Seite, um mich intensiver küssen zu können.
Ich weiß nicht, wie lange unser Kuss dauerte, aber irgendwann beendeten wir ihn, langsam lösten wir uns voneinander. Sam legte seine Stirn an meine.
„Ela, was machst du nur mit mir? Immer, wenn ich bei dir bin, setzt mein Hirn aus und ich kann mich kaum

bremsen. Was soll ich nur mit dir machen?"
„Das darfst du mich nicht fragen, ich weiß ja selber nicht, was wir hier tun. Ich weiß nur, dass ich dem, was auch immer es ist, eine Chance geben will. Aber es gibt so viel, was du nicht weißt und was du wissen musst. Ich …"
Sanft legte er mir seinen Finger auf die Lippen. „Nicht hier, nicht jetzt. Alles, was ich wissen muss, hast du gerade gesagt. Komm, ich bring dich heim. Wann hast du mal einen Abend frei und Zeit für unser erstes richtiges Date?"

Unser erstes richtiges Date? Oh Gott, wie sollte ich ihm erklären, dass das mein erstes Date überhaupt sein würde? Mit Dylan gab es keine Dates, wir waren einfach zusammen. Aber nun ein Date - mit anhübschen, Beine rasieren, Schmetterlinge im Bauch, nervös sein, abgeholt werden, ausgeführt werden, in einem schicken Restaurant sitzen, spazieren gehen, reden, unterhalten, wirklich REDEN? Konnte ich das?
Mein Hirn war wohl der Meinung ja, denn ich spielte schon tausend und eine Möglichkeit durch, was ich anziehen könnte. Ich bezog auch Sues Kleiderschrank in meine Gedanken ein, denn in meinem befand sich nicht viel, was angemessen wäre. Aber was war überhaupt angemessen, was hatte er vor? Wo wollte er mit mir hin? Oh je, was, wenn ich mich komplett blamierte, wenn er in so ein teures Restaurant gehen wollte, wo ich noch nicht mal wusste, wann ich welches Besteck nehmen musste oder welcher Wein zu welchem Gericht passte?
Mit gingen so viele Fragen durch den Kopf.
Sein Daumen strich leicht über meine Wange. „Ein Penny für deine Gedanken. Schockt dich die Idee, Zeit mit mir alleine zu verbringen so sehr, dass du direkt in

Schockstarre verfällst oder warum guckst du gerade wie ein Reh im Scheinwerfer?"

Ich sah ihm in die Augen (verdammt, wieso mussten die so gut aussehen?) und schluckte einmal.

„Wenn ich ehrlich bin, dann erschreckt mich der Gedanke an ein Date mit dir tatsächlich. Ich bin nicht gut in sowas."

„In was bist du nicht gut? Was denkst du, was ich vorhabe mit dir?"

Ich hörte das Lächeln in seiner Stimme.

Ich straffte meine Schultern: „Sam, ich will ehrlich zu dir sein - ich hatte noch nie ein Date. Zumindest kein richtiges, der Vater der Zwillinge war mein erster fester Freund und seit damals bin ich nicht mehr ausgegangen, denn ich hatte die Jungs und da war keine Zeit für einen anderen Mann."

„Da kann ich ja froh sein, dass du jetzt ein bisschen Zeit für mich hast, oder? Und irgendwann erzählst du mir etwas über Tom und Noahs Vater, okay?"

Ich setzte an, zu antworten.

„Aber nicht heute, Ela, und schon gar nicht jetzt, denn du bist müde und ich bring dich jetzt auf dem schnellsten Weg heim, damit du ins Bett kommst. Leider werden wir uns die nächsten Tage nicht sehen, ich habe einen Auftrag in München und werde dort bis mindestens Donnerstag gebraucht. Ich habe es selber erst vorhin erfahren. Sobald ich zurück bin, machen wir einen Tag aus für unser Date und dann reden wir - wenn du willst und worüber du willst."

Er öffnete mir die Tür, half mir ins Auto und brachte mich heim. Dort gab er mir einen der eher unschuldigen Küsse und ich ging ins Haus.

1. März 2016

- Abends -

Ich war so doof gewesen, ich hatte diesen Mann viel zu schnell in mein Leben gelassen und nun zahlte ich den Preis.

Seit zwei Tagen durfte ich mir die Fragen meiner Söhne anhören, warum Sam denn nicht mehr gekommen sei, es wäre so toll gewesen beim Schwimmen, warum er sich nicht melden würde. Ob ich etwas von ihm gehört hätte, ob wir uns gestritten hätten. Doch alles, was ich ihnen sagen konnte, war, dass er beruflich in München sei und gesagt hätte, er würde dort bis Donnerstag arbeiten. Ich wusste nicht, wann und ob er zurück kommen würde.

Er hatte sich nicht bei mir gemeldet, ich war sogar über meinen Schatten gesprungen und hatte ihm eine Nachricht geschickt. Keine Reaktion und dank der permanenten Überwachung von Zuckerberg & Co wusste ich auch, dass er sie noch nicht mal gelesen hatte.

Ich war wütend auf mich, wütend, weil, ich eine Hoffnung zugelassen hatte, die nun doch wieder enttäuscht wurde, wütend, weil er nicht nur mir, sondern auch meinen Söhnen das Gefühl gegeben hatte, wir seien wichtig für ihn.

So konnte man sich täuschen.

Arbeiten mit Nadine war nie besonders leicht, aber nun grillte sie mich schon seit zwei Stunden mit Fragen über Sam. Es war mittlerweile kurz vor 23.00 Uhr und sie fragte mich zum bestimmt zwanzigsten Mal mit Schadenfreude in der Stimme, warum mein Beschützer heute denn nicht auftauchen würde. Meine Stimmung konnte nicht tiefer sinken.
Ich hatte mich heute sogar mit Tom gestritten. Denn, als ich ihm genau wie an den Tagen vorher geantwortet hatte, dass Sam arbeitete und nicht in der Stadt wäre. Ich nicht wüsste, wann er wiederkommen würde. Ich hätte auch nichts von ihm gehört. Da warf er mir „du bist bestimmt schuld, dass er nicht mehr kommt, du wolltest von Anfang an, dass er nicht so viel mit uns unternimmt" an den Kopf.
Ich musste hart mit mir kämpfen, um nicht vor meinem Sohn zu weinen.

Hatte er Recht? Hatte ich Sam zu oft weggeschickt, weggestoßen und hatte er mit etwas Abstand zu mir, zu uns festgestellt, dass eine Frau mit 2 Kindern und jeder Menge Gepäck doch zu viel für ihn war?

Der Heimweg war lang - zum ersten Mal seit knapp drei Wochen (oh Gott - erst drei Wochen kannte ich ihn? Es fühlte sich an wie eine Ewigkeit...) musste ich mit dem Bus und zu Fuß nach Hause.
Ich saß im Bus und konnte mich nicht auf meinen neuen Roman konzentrieren, meine Gedanken wanderten. Dieses Gefühl, das ich gerade spürte, hatte ich schon mal gespürt. Diese Unsicherheit, dieses Warten auf eine Nachricht. Damals war ich voller Hoffnung gewesen und diese Hoffnung war durch einen einzigen Telefonanruf zunichte gemacht worden. Was,

wenn Sam auch etwas passiert war, was, wenn er nicht einfach nur keine Lust mehr auf uns hatte, sondern wirklich etwas Schlimmes passiert wäre? An der Situation änderte sich dadurch nichts, aber ich sah, wie naiv ich im Grunde war.
Was wusste ich über Sam?
Eigentlich nichts, ich kannte weder seinen Nachnamen, er hatte mal erwähnt, dass er Familie hätte, Eltern, einen Bruder. Aber ich wusste nicht, wo die lebten.
Genau wie bei Dylan - ging es mir durch den Kopf. Ich kannte keine Freunde, konnte mich bei niemandem erkundigen. Wenn er weg war, dann hatte ich keine Chance mehr, ihn irgendwie zu erreichen.
Alles, was ich hatte, war eine Handynummer, doch da ging keiner dran. Mittlerweile war es auch nicht mehr zu erreichen, abgeschaltet …

14. März 2006

Endlich fand sie die Kraft, die einzige Verbindung zu ihm noch einmal zu benutzen. Sie saß auf ihrem Bett in ihrem winzigen Studentenzimmer und wählte mit zittrigen Händen seine Handynummer. Vielleicht war ja alles nur ein schlechter Traum gewesen, vielleicht hatte sie in die Aussage der Schwester zu viel hineininterpretiert.
Doch am anderen Ende kam nur die Ansage: „the person you are calling is not available" - die Nummer existierte nicht mehr.
Sie fing an zu weinen.
Aus dem Weinen wurde bald ein hysterisches Schluchzen, dann ein noch hysterischeres Lachen.
Sie war alleine, völlig alleine, sie hatte keine Familie, keine Eltern, niemanden, den es interessierte, er war für immer weg. Sie konnte noch nicht mal seine Familie erreichen, denn außer seinem Nachnamen wusste sie gerade mal, dass seine Familie in der Nähe von Atlanta wohnte. Das war es dann auch.
Aber was hätte sie denen auch sagen wollen?
„Hallo, Entschuldigung, dass ich störe, ich weiß, ihr ältester Sohn ist gerade gestorben, sie kennen mich nicht, aber wir haben uns vor einem Monat verlobt und ich bin schwanger von ihm, hätten sie vielleicht etwas Geld für mich?"
Genau, das wäre der Beginn einer perfekten Freundschaft geworden.
Sie krümmte sich zu einem Ball zusammen, weinte, bis

keine Träne mehr kam, legte schützend ihre Hand auf ihren Bauch und flüsterte: „Es bleiben nur du und ich gegen den Rest der Welt. Ich werde alles tun, was ich kann, um dich zu beschützen!"

3. März 2016

– Ela -

Ich hatte fast gar nicht geschlafen in dieser Nacht. Meine Gedanken hatten sich im Kreis gedreht, ich hatte sie nicht stoppen können.

Ich hatte meinem ungeborenen Kind vor so langer Zeit versprochen, es vor allem zu beschützen. Und da wusste ich noch nicht, dass es nicht nur eins, sondern gleich zwei Leben sein würden, für die ich verantwortlich war. Und ich hatte versagt.

Über sieben Jahre lang hatte ich alles getan, um sie vor einem weiteren Verlust zu beschützen. Und nun hatte ich ihr Vertrauen innerhalb weniger Tage zerstört. Tom hatte Recht gehabt, als er sagte, dass ich Schuld sei, wenn auch auf eine andere Art, als er vielleicht dachte.

Ich hatte mich Sam gegenüber so weit geöffnet, wie ich konnte, wie ich zulassen konnte. Doch das war schon zu viel gewesen, ich hätte ihn niemals in unser Leben lassen dürfen. Sie hätten ihn niemals kennenlernen dürfen.

Langsam stand ich auf und ging in die Küche, um Frühstück für die beiden zu machen.

Kurz darauf schlurfte Noah in die Küche. Er sah mich fragend an.

„Hast du was gehört?"

Ich konnte nur mit dem Kopf schütteln und die Tränen runterschlucken.

Als mein lieber, süßer, sensibler Sohn aber zu mir kam und mich in den Arm nahm und mit tränenerstickter Stimme flüsterte: „Ich hasse ihn, Mama, ich hasse ihn

dafür, wie weh er dir tut", konnte ich auch nicht anders, als die Tränen laufen zu lassen.
Was sollte ich dazu sagen?

– Sam -

Scheiße, Scheiße, Scheiße, dieses verdammte Meeting zog sich ewig hin und ich hatte sowas von gar keinen Kopf für den Mist hier. Und die Blicke, die diese doofe Tussi von der Geschäftsführung mir die ganze Zeit zuwarf, nervten mich völlig.
Gestern Abend hatte die sogar versucht, mich nach dem Essen im Hotel „bei dem man so herrlich entspannt die Einzelheiten besprechen kann" noch auf mein Zimmer zu begleiten.
Aber ich hatte ganz andere Probleme.
Zum einen würde ich hier noch mindestens bis morgen Abend rumhängen und zum anderen hatte ich mein privates Handy im Gästezimmer meines Bruders vergessen. In der Eile, den Zug zu bekommen, der mich zum Flieger bringen würde, hatte ich nur das Firmenhandy eingesteckt und erst im Hotel, als ich Ela anrufen wollte, war es mir aufgefallen.
Nun hatte ich zwar die beruflichen Kontakte dabei, aber Elas Nummer war auf dem anderen Handy. Und ich Idiot wusste nichts von ihr, gerade mal ihre Adresse, aber die Festnetznummer war nicht heraus zu bekommen.
Es war schon beschissen genug, dass ich bisher nicht ihre Stimme hatte hören können, aber ihr nun nicht sagen zu können, dass ich einen Tag später kommen würde, oder sogar erst am Samstag, das pisste mich nun wirklich an. Ich kannte sie noch nicht lange, aber es fühlte sich so richtig an mit uns. Ich konnte mir leider nur zu gut vorstellen, was sie in mein Nicht-Melden und Nicht-Auftauchen hineininterpretieren würde.
Plötzlich kam mir die rettende Idee. Ich würde mich

zwar komplett zum Affen machen, mir ewig doofe Sprüche anhören dürfen und bis zum Sankt-Nimmerleinstag in deren Schuld stehen, aber das war es mir wert.
Mitten im Satz unterbrach ich den Referenten.
„Entschuldigung - ich muss mal eben … hier raus, bin gleich wieder da. Machen sie ruhig ohne mich weiter, ich kenne das Skript!"
Aus dem Augenwinkel sah ich einige offen stehende Münder, aber das war mir egal, ich musste hier raus. Diese großen Firmen mit den Bürohengsten …, sie diskutierten lange, hielten Reden, arbeiteten tolle Powerpoint - Präsentationen aus, aber mit der Praxis, mit dem realen Leben hatte es selten etwas zu tun.
Bei mir ging es aber jetzt um das reale Leben, es ging um die Frau, in die ich mich verliebt hatte (wo kam jetzt der Gedanke her?? Aber es stimmte, ich hatte mich in Ela verliebt) und es ging darum, es mir mit ihr nicht noch mehr zu versauen.
Ich hatte sie dazu bekommen, mir zu vertrauen. Und nun hatte sie seit Tagen nichts von mir gehört. Das konnte nicht gut sein, das kommt bei keiner Frau gut an. Aber Ela war etwas Besonders, Ela brauchte Sicherheit und die hatte ich ihr in den letzten Tagen nicht gegeben. Ganz im Gegenteil!

Schnell wählte ich die erste Nummer.
Mist, keiner da, bestimmt waren sie in ihrem Laden.
Also startete ich einen zweiten Versuch.
Nach zweimaligem Klingeln wurde abgehoben.
„Studio Mr. van T. - David hier, was kann ich für dich tun?"
„David - ist mein Bruder in der Nähe?"
„Samuel? Wo bist du? Seit ein paar Tagen bist du

einfach verschwunden, dein Handy hat ein paar Mal geklingelt, mittlerweile ist es aus. Dein Bruder macht sich Sorgen - steckst du in Schwierigkeiten?"
Ich konnte die Panik in seiner Stimme hören - er war die Dramaqueen in der Beziehung.
„Nein, oder doch, aber anders als du denkst! Gib mir mal Michael!"
„Der hat nen Kunden und kann jetzt nicht."
Ich stöhnte innerlich, also würde ich nicht den leichteren Weg bekommen und meinen Bruder bitten können, nein, ich musste David zu meinem Verbündeten machen …
„David, ich hab keine Zeit, dir mehr zu erklären, ich muss zurück in ein Meeting, aber du musst mir einen riesigen Gefallen tun. Bitte frag mich nicht, ich erkläre es dir, wenn ich am Wochenende zurück bin, aber jetzt brauch ich echt deine Hilfe, Mann. Und wenn du es nicht für mich tun willst, dann für meinen Bruder, bitte …!"
„Schieß schon los, man könnte meinen, es geht um Leben oder Tod."
„So ungefähr ist es auch - hör zu. Du musst eine Nachricht für mich überbringen. Kennst du den Gartenweg in der Altstadt? Du musst bei Hausnummer 12 im Untergeschoss klingeln, bei Zweig und Schulz. Egal, wer aufmacht, frag nach Michaela Zweig und richte ihr aus, dass ich mein Handy bei euch habe liegen lassen, dass ich heute nicht heim komme, dass es morgen oder Samstag wird, dass ich sie nicht vergessen habe, dass ich ständig an sie denke und dass unser Date auf jeden Fall stattfinden wird.
Sie soll sich bitte nicht in ihren Kopf zurückziehen, sag ihr, ich wäre ein riesen Arschloch, sag ihr, was du willst, aber bitte richte ihr aus, dass ich auf jeden Fall komme! Wenn sie dich ausreden lässt, frag sie, ob sie

dir ihre Handynummer gibt, damit du sie mir geben kannst. Nimm Blumen mit, oder ne, lass das … Scheiße, ich muss zurück ins Meeting. Tust du das für mich, bitte! Gartenweg 12, Michaela Zweig, bitte versau es nicht, das hab ich schon! Danke!"

Ich legte auf, fuhr mir durch die Haare und ging zurück ins Meeting. Hoffentlich bekamen wir den Mist hier bald in trockene Tücher, ich fuhr mir genervt durchs Gesicht. Ich musste hier weg, ich musste den Auftrag fertig stellen, aber am aller wichtigsten: ich musste nach Hause. Zu Ela und den Jungs!

- David -

Ich hielt den Hörer noch immer ungläubig in der Hand. Was war hier gerade passiert? Wieso schickte Samuel mich mit so einer kryptischen Nachricht zu Ela, woher kannte er sie?
Aber er hatte ernsthaft besorgt geklungen.
Ein Blick auf die Uhr sagte mir, dass Ela jetzt zu Hause sein würde, ein weiterer Blick in unseren Terminkalender zeigte, dass ich noch eine Stunde bis zu meinem nächsten Kunden hätte.
„Micha, ich muss kurz weg, bin in einer Stunde wieder da!"
Es kam ein Grunzlaut aus seiner Kabine - der Meister wurde nicht gerne unterbrochen bei der Arbeit, aber zumindest hatte er mich gehört.
So machte ich mich auf den Weg zu Ela.

Schon als sie mir die Tür aufmachte, sah ich, dass etwas ganz und gar nicht stimmte.
„David - was machst du denn hier?", sie kämpfte mit den Tränen.
„Ach Kleines, was ist denn los?"
„Du hattest recht, ich bin völlig bescheuert, ich sollte das mit den Männern echt sein lassen. Ich such mir immer die falschen aus. Das Schicksal meint es wirklich nicht gut mit mir. Ich bin zu naiv. Und mein Handy schmeiße ich auch weg, denn die Technik wiegt uns in einer Sicherheit, die es nicht gibt. Man ist zwar immer erreichbar - und erreicht doch nichts damit. Willst du rein kommen?"
Sie ließ mich einfach vor der Tür stehen und ging in ihre Wohnung.

„Sag mal, willst du mir nicht wenigstens sagen, was du meinst? Ich bin nicht gut darin, zwischen den Zeilen zu lesen. Das hab ich heute schon mal gemerkt."

Sie setzte sich auf das Sofa, nahm ein Kissen in die Hand, drückte es an ihre Brust und seufzte tief. So zerbrechlich und unglücklich hatte ich sie lange nicht gesehen!
„Ich hab dir doch von diesem Mann erzählt, oder besser, Noah und Tom haben dir von ihm erzählt. Alles schien perfekt, wir hatte drei tolle Wochen, doch seit Sonntag ist Funkstille, er meinte, er müsse beruflich weg. Aber seitdem habe ich nichts gehört. Er liest meine Nachrichten nicht, er geht nicht dran, wenn ich anrufe und mittlerweile hat er sein Handy abgestellt. Ich bin so bescheuert. Tom ist sauer auf mich, behauptet, ich hätte ihn vertrieben. Und Noah ist völlig am Boden zerstört, er hat ihm echt viel bedeutet. Wie kann er den Jungs nur sowas antun?"
Ich setzte mich zu ihr und nahm sie in den Arm, ich spürte, wie ihre Tränen mein Shirt durchnässten. So langsam fügte sich das Bild.

Ich hob ihren Kopf, drückte ihr einen Kuss auf die Stirn und wischte die Tränen mit dem Daumen weg.
„Sag mal, kann es sein, dass der Kerl Samuel heißt?"
„Jetzt siehst du, wie bescheuert ich bin – alles, was ich von ihm weiß, ist, dass er sich Sam nennt. Das war's."
„Aber er ist beruflich weg - was macht er denn?"
„Auch das weiß ich nicht genau", sie lachte kurz auf, aber es war kein fröhliches Lachen, eher im Gegenteil. „Er hat uns erzählt, er hätte Informatik studiert und hätte eine kleine Softwarefirma …"

Oh Gott, Samuel van Theen, komm du mir unter die

Augen, du schuldest mir echt was …

„Ela, ich glaube, ich kann dir helfen!"
„David, das ist echt lieb, aber ich glaube nicht, dass ausgerechnet du mir helfen kannst, außer mit 'ner Schulter zum Ausheulen. Wieso können nicht alle Männer so sein wie Michael und du?"
„Wie - schwul?", ich lachte.
Denn im Grunde hatte sie da wohl einen Kerl abbekommen, der zumindest ein bisschen so war wie Michael. Die Gene teilten sie schon mal und auch einige Charakterzüge fanden sich bei den beiden Brüdern, die sehr deutlich machten, dass sie aus derselben Familie stammten.
„Nein, aber fürsorgliche Familienmenschen, auf die man sich verlassen kann.
Weißt du, was das Schlimmste ist? Ich finde ständig Entschuldigungen für ihn, vielleicht hatte er einen Unfall, sein Handy wurde ihm geklaut … ich weiß auch nicht, irgendetwas, was bedeutet, dass wir ihm nicht egal sind, dass wir ihm nicht zu anstrengend geworden sind, dass er nicht gemerkt hat, dass er doch keine fast 30 jährige Freundin mit zwei Kindern haben will."
Ich machte einen neuen Versuch.
„Ela, hör mir bitte zu und unterbrich mich nicht dauernd, okay?" sagte ich, als sie schon wieder ansetzte.

„Ich habe vor 20 Minuten einen ziemlich seltsamen Anruf von Michaels jüngerem Bruder bekommen. Er heißt Samuel und ist vor über drei Wochen bei uns aufgetaucht und wohnt seitdem bei uns. Im Grunde ist er eine echte Nervensäge, aber irgendwie mag ich ihn. Egal.
Auf jeden Fall rief er mich aus irgendeinem Meeting an

und bat mich genau zu dieser Adresse zu gehen und einer Michaela Zweig - also dir - auszurichten, dass er ein Arschloch ist, dass er beim Aufbruch sein Handy mit deiner Nummer vergessen hat, dass er leider heute und wohl auch morgen nicht zurückkommen wird. Dass er aber ständig an dich denkt und euer Date auf jeden Fall will. Ich soll dich bitten, mir deine Handynummer zu geben, damit er sich bei dir melden kann. Er weiß nicht, dass wir uns kennen. Er hat keine Ahnung, wer du bist.
Er klang wirklich besorgt um dich. Er hat mir befohlen, es nicht zu versauen, das hätte er schon erledigt!"

Ela reagierte nicht, sie saß einfach nur da und hielt sich an meinen Armen fest. Ich konnte überhaupt nicht abschätzen, wie sie auf diese Neuigkeiten reagierte. Ich wusste ja selber nicht, wie ich die ganze Sache finden sollte.
Elas neuer Freund war der Bruder meines Mannes - was sollte ich mit dieser Erkenntnis machen? Und das Arschloch (seine Worte - nicht meine) hatte es nach gerade mal drei Wochen ordentlich versaut. Ela saß hier wie ein Häufchen Elend, meine Patensöhne waren sauer und enttäuscht von ihm - ich wusste nicht, was ich machen sollte. Sollte ich Ela von seiner etwas zwielichtigen Vergangenheit erzählen und ihr raten, die Beine in die Hand zu nehmen und vor ihm davon zu laufen oder sollte ich sie bitten, ihm eine Chance zu geben, sich zu bewähren?
„Was sagst du, Süße, was soll ich ihm sagen? Soll ich ihm erzählen, dass wir uns kennen?"
„Sag ihm, was du willst, sag ihm, ich brauche Zeit. Ich habe so viel nachgedacht in den letzten Tage, ich weiß nicht, was ich fühle.
Wir kennen uns erst drei Wochen und es war so schwer

hier die vier Tage ohne ihn. Was passiert dann erst mit mir, mit meinen Söhnen, wenn er wieder mal aus unserem Leben verschwindet? David, ich glaube, ich bin nicht stark genug, um eine Beziehung zu führen. Ich hab so viel Angst vor dem Leben, vor dem Fühlen, dass es mich kaputt macht. Und kaputt nutze ich meinen Söhnen nichts. Das haben mir die letzten Tage gezeigt. Ruf ihn an und sag ihm, dass ich Zeit brauche. Machst du das für mich? Ich kann jetzt nicht mit ihm reden."
„Ela, meinst du, das ist der richtige Weg..?"
„Es ist der einzige Weg, den ich im Moment sehe und wenn die Jungs nachher bei euch reinschneien, was sie sicher tun werden, dann erklär ihnen, was du mir erklärt hast. Ich habe dafür keine Kraft. Ich habe in den letzten Tagen kaum geschlafen, bin vor Sorge und Kummer fast umgekommen - und er hatte einfach nur sein Handy vergessen. Kann das Leben beschissener sein?"

6. März 2016
- 2 Uhr morgens – Sam -

Sie wollte mich nicht sprechen, sie brauchte Zeit zum Nachdenken? Was sollte der Scheiß, zumindest mit mir reden könnte sie doch. David hatte mich am Donnerstag noch zurückgerufen, mich darüber aufgeklärt, dass er Ela und auch die Zwillinge kannte, dass es sich bei den beiden tatsächlich um seine und Michaels Patensöhne handelte. Aber eben auch, dass Ela mich nicht sprechen wollte.

Er hatte mich sogar mit den beiden sprechen lassen, aber das hatte mich nur wütender, hilfloser, nachdenklicher gemacht. Tom war sofort versöhnt. Lachte über die Erklärung und fragte direkt, wann ich wieder da wäre und ob ich sie dann besuchen käme.
Noah war ein anderes Kaliber, er hörte sich meine Erklärung an, antwortete erst gar nicht und flüsterte mit belegter Stimme: „Du hast Mama echt weh getan, sie hat geweint. Du bist verschwunden, genauso wie unser Papa damals."
Mit diesen Worten hatte er David das Telefon zurück gegeben.

Nun war ich auf dem Rückweg.
Gestern Abend war der Vertrag endlich unterschrieben worden und nun saß ich am Münchner Flughafen und wartete auf meinen Rückflug. Ich hatte auch versucht, eine Zugverbindung zu finden, aber damit wäre ich auch erst heute früh zurück gewesen.

Ich betrachtete mein Spiegelbild im Fenster gegenüber - man sah mir die letzten Tage an. Ich hatte gearbeitet, gegrübelt und kaum geschlafen. Mein Blut bestand mindestens zur Hälfte aus Koffein, ich könnte eine Dusche gebrauchen und eine Rasur. Schlaf wäre auch super - aber vorher musste ich mit Ela sprechen, musste alles ins Reine bringen. Denn das Telefonat mit den Jungs hatte mich nur darin bestärkt, dass ich sie mittlerweile als meine Familie ansah und ich wusste, dass ich alles nur Erdenkliche machen würde, um Ela auch davon zu überzeugen.

- 8 Uhr morgens -

Ich stand in Sue und Elas Haustür.
„Sue, bitte, ich muss mit ihr sprechen!"
„Sam, glaub mir, sie ist wirklich nicht da. Sie hat Tom und Noah gestern zu David gebracht und ist weggefahren."
„Weißt du, wo sie ist? Bitte, du musst es mir sagen. Ich ..."
„Sam, ehrlich, wenn ich es wüsste, würde ich es dir sagen. Und wenn nur dafür, dass sie dir deinen Arsch aufreißen könnte!"
Müde und nachdenklich stieg ich in mein Auto und fuhr zu meinem Bruder.
Nach einer Dusche würde es mir besser gehen und vielleicht wusste mein Bruder ja mehr?
Unterwegs kaufte ich Brötchen und Schokocroissants - die mochten meine, also Elas, Söhne und wenn ich Glück hatte, würde zumindest Noah mir heute noch verzeihen.

Ich schloss die Wohnungstür auf.
„Jemand schon wach?"
Tom kam sofort angelaufen.
„Sam, da bist du ja, Mensch, wir haben uns echt Sorgen um dich gemacht. Wie kann man nur sein Handy vergessen? Sind das Croissants? Und sind die für uns? Danke!"
Damit nahm er mir die Tüte aus der Hand und ging wieder in Richtung Küche. Ich folgte ihm langsam und müde.
„Hey, kleiner Bruder, du siehst echt scheiße aus. Was hast du da nur wieder angestellt? Man kann dich echt

nicht aus den Augen lassen. Willst du einen Kaffee?"
„Nein danke, ich hatte in den letzten 24 Stunden mehr als genug Kaffee. Wisst ihr, wo Ela sein könnte?", kam ich sofort zum Thema, denn ich wollte keine Minute vergeuden.

Tom, Noah, David und Michael schauten sich gegenseitig an, einer nach dem anderen schüttelte mit dem Kopf.
„Ich muss sie finden, ich muss mit ihr reden. Oh Gott, ich bin so ein Idiot. Ich hab alles versaut...."
Noah schluckte, in seinen Augen schimmerten Tränen.
„Ich..., ich glaube, ich weiß wo sie sein könnte..."
Ich kniete mich vor dem Kind hin und nahm es in den Arm. „Sagst du es mir bitte? Ich weiß, ich habe euch und eurer Mutter weh getan, aber ich will es wieder in Ordnung bringen. Das musst du mir glauben. Ich liebe sie und ich liebe euch, ich will mich bei ihr entschuldigen."
Er sah mir in die Augen, suchte nach der Wahrheit - dieses Kind sah echt zu viel.
„Es könnte sein, dass sie am Flughafen ist."
„Wieso am Flughafen, was will sie da?"
„Heute vor 8 Jahren ist Papa nach Hause geflogen und nicht wieder zurück gekommen..."
Ich drückte den Jungen an mich und küsste ihn auf den Scheitel.
Ich spürte seine Tränen und hielt ihn fester, leicht strich ich ihm mit der Hand über den Rücken und irgendwie beruhigte es mich, dass er sich an mich drückte, dass er mir erlaubte, ihn zu trösten.
Dann stand ich auf und ging in Richtung Wohnungstür.
„Wo willst du hin?"
„Zum Flughafen, wohin sonst?"
Noah lachte unter all den Tränen. „Dann dusch aber

bitte erst, denn du stinkst eklig. Ich glaube nicht, dass Mama einen stinkenden Mann küssen will. Zumindest sagt sie immer zu uns, dass wir viel besser schmecken, wenn wir frisch geduscht sind!"

3 Stunden später

Ich irrte nun schon seit fast einer Stunde durch diesen verfickten Flughafen und suchte Ela. Wieso musste dieses Ding auch nur so riesig sein?
Mein nächster Weg führte mich in die Abflughalle für Transatlantikflüge. Wenn ich nur mehr über Tom und Noahs Vater wüsste, dann hätte ich einen Anhaltspunkt, aber so war alles ein Schuss ins Blaue.
Es gab hier einfach zu viele Möglichkeiten! Was, wenn sie auf Toilette war, während ich draußen vorbeilief? Aber das durfte nicht passieren. Ich musste sie einfach finden, heute, hier, unsere Geschichte würde hier und jetzt anfangen. Wenn ich sie gefunden hätte, würde ich sie nicht mehr los lassen. Aber dafür musste ich sie verdammt noch mal endlich finden.
Ich hatte die Hoffnung auch hier schon fast aufgegeben, als ich eine kleine Gestalt sah, die in einer Ecke am Fenster saß, die rechte Hand und die Stirn gegen das Fenster gepresst. Sie trug ihren breiten Ring nicht und stattdessen erkannte ich ein tätowierten Ring, der durch den anderen verdeckt gewesen sein musste.
Langsam ging ich zu ihr hinüber und kniete mich vor ihr auf den Boden.
Sie sah nicht auf, auch nicht, als ich ihre linke Hand in meine Hand nahm. Ihre Hand war kalt, zu kalt. Ich streichelte sanft darüber, drückte sie und mein Herz

schien auszusetzen, als sie den Druck leicht erwiderte, so leicht, dass ich es fast nicht gespürt hätte. Aber ihre Reaktion war da gewesen und sie gab mir Hoffnung.

„Wir haben uns in meiner Studentenbude voneinander verabschiedet, er wollte nicht, dass ich ihn zum Flughafen begleite, wir hatten uns verlobt, wir waren jung, verliebt, ich war schwanger, er wollte mich in 2 Monaten holen kommen, er wollte alles bei seinen Eltern vorbereiten und mich dann holen kommen. Wir wollten gemeinsam ein cooles, junges Elternpaar sein. Die besten Eltern, die sich unser Kind, unsere Kinder nur vorstellen konnten, zweisprachig wollten wir sie groß ziehen, sie sollten nie den geringsten Zweifel daran haben, dass wir sie lieben, dass sie zu uns gehören. Wir waren so naiv!
Er flog zurück nach Atlanta, er rief mich vom Flughafen aus an, seine Familie hatte keine Zeit, ihn dort abzuholen, also nahm er sich einen Mietwagen. Wir lachten noch am Telefon, dass wir immer Zeit haben würden, unsere Kinder überall abzuholen. Nichts würde wichtiger sein als unsere Kinder.
Das war das letzte, was ich von ihm gehört habe. Fast zwei Tage lang versuchte ich ihn zu erreichen, ständig wählte ich die Nummer, doch niemand hob ab, irgendwann ging seine Schwester dran und erzählte mir von einem Unfall und dass er tot sei.
Ich war wie gelähmt und als ich endlich den Mut hatte, die Nummer wieder zu wählen, war das Telefon abgeschaltet. Und ich hatte keine einzige Möglichkeit mehr, seine Familie zu erreichen. Ich wusste nichts von ihm, ich hatte keine Adresse, keine andere Telefonnummer, gerade mal einen Nachnamen McCabe, ... und von dir hatte ich noch weniger. Im Grunde gar nichts, weder deinen Nachnamen, noch eine

Adresse, nichts, ich hatte keine Möglichkeit, dich zu erreichen.

Ich habe in den letzten vier Tagen all die Gefühle wieder durchgemacht, die ich vor acht Jahren durchmachen musste. Ich hatte Angst, ich war wütend, hilflos, nur diesmal betraf es nicht nur mich, es betraf auch Tom und Noah.

Sam, ich will das nicht nochmal, ich kann das nicht nochmal. Ich habe meinem ungeborenen Kind versprochen, es vor allem zu beschützen. Ich habe versagt; indem ich dich in mein Leben gelassen habe, habe ich versagt. Es war ein Traum, den wir in den letzten Wochen gelebt haben, ein wunderschöner Traum, aber nun hast du mich geweckt. Und dafür bin ich dir dankbar. Ich bin dir dankbar, dass ich drei wunderschöne Wochen träumen durfte, aber nun ist der Traum vorbei.

Wärst du so lieb, mich mit zurück zu nehmen und dann sagen wir endgültig ‚leb wohl', denn dann werden sich unsere Wege trennen, ich bin nicht stark genug für eine Beziehung, das hast du mir gezeigt."

Mit diesen Worten stand sie auf, entzog mir ihre Hand und ging ohne darauf zu warten, ob ich ihr folgen würde.

Schweigend führte ich sie zu meinem Auto.

Ihre Worte hatte mir zu denken gegeben, genug zu denken für mehrere Tage.

29. März 2016

- Sam -

Drei Wochen waren vergangen, seit ich Ela am Flughafen gefunden hatte.
Drei verfluchte Wochen, in denen ich mir vorgekommen bin wie ein geschiedener Vater. Gott, wie ich die Jungs vermisste.
Ich hatte Ela nach Hause gebracht und als sie immer noch wortlos aus dem Auto ausgestiegen war, brach es aus mir heraus. Ich bettelte, entschuldigte mich, versprach, sie nie mehr so hängen zu lassen. Sie schüttelte nur den Kopf.
Ich fragte, ob ich Noah und Tom weiter sehen dürfte. Sie waren mir so ans Herz gewachsen, dass mir allein der Gedanke, sie nicht mehr sehen zu dürfen, zusetzte.
Da erst sah sie mich an, sah mir zum ersten Mal an diesem Tag in die Augen. Die Traurigkeit in ihren Augen brachte mich fast um, ich war so ein Arsch gewesen.
„Sie werden dich auch sehen wollen, du bedeutest ihnen viel - aber wir spielen nicht mehr Familie. Du darfst sie sehen, genauso wie David und Michael sie sehen dürfen, das würde ich ihnen nie nehmen. Sie lieben dich …".
Mit diesen Worten war sie verschwunden, war einfach gegangen, ohne sich nochmal zu mir umzudrehen.
Seitdem hatte ich die Kinder ab und zu gesehen, wir hatten was zusammen unternommen, die ersten schönen Tage sind wir Eis essen gegangen oder auch mal mit ihren Rädern unterwegs.
Am Anfang hatten sie noch Fragen gestellt, was mit

ihrer Mama und mir denn los sei, aber das konnte ich ihnen nicht erklären. Wie soll man sowas auch 7 jährigen erklären?
Ich hatte ihnen gesagt, dass ich ihre Mutter sehr, sehr lieb hätte, dass das aber manchmal nicht ausreichen würde.
Aber je mehr Zeit ich mit den Zwillingen verbracht hatte, desto mehr wollte ich - verdammt, ich wollte das Gesamtpaket.
Aber wie sollte ich es Ela klar machen, dass ich die Sache mit dem Teamplayer erst noch lernen musste?
Ich hatte mir verdammt noch mal keine echten Gedanken darüber gemacht, was es für sie bedeuten würde, ein paar Tage nichts von mir zu hören. Ich hatte ihre Geschichte mit Dylan nicht gekannt, wusste nicht, wie sie ihn verloren hatte. Jetzt war mir das klar. Aber vor 4 Wochen hatte ich keine Ahnung davon gehabt.
Wenn sie mir wenigstens zuhören würde - vielleicht könnte ich ihr klar machen, dass meine Erfahrungen mit Computern und anonymen Unterhaltungen via Chat mich im Grunde zu einem Handyhasser gemacht haben. Ich musste über meine Gedanken selber lachen - ich war in der IT Branche, hatte Informatik studiert, gleichzeitig mied ich diese Dinge privat wie die Pest. Ich benutzte sie nur, wenn es unbedingt nötig war. In den drei Wochen, die wir zusammen waren (waren wir das - richtig zusammen? Für mich hatte es sich auf jeden Fall so angefühlt), hatte ich ihr gerade zwei Mal Nachrichten geschickt. Weil ich da keine andere Möglichkeit gehabt hatte, sie zu erreichen, nicht, weil ich die Dinger so gerne mag.
Ich musste mit ihr reden, einen letzten Versuch unternehmen, dass sie mir wieder vertraute - und ich brauchte Hilfe, dringend!
Aber vorher musste ich noch etwas anderes erledigen!

Ich ging in mein Arbeitszimmer - vor etwa zwei Wochen war ich bei meinem Bruder ausgezogen. Ich hatte ein Haus gefunden, das gerade frei geworden war. Für mich alleine war es viel zu groß, aber ich hatte immer noch die Hoffnung, dass Ela und die Jungs vielleicht ….
Auf jeden Fall hatte ich viel Zeit gehabt und wenn ich nicht arbeitete oder mit den Jungs zusammen war - was ich viel seltener war als mir lieb ist - dann renovierte ich hier Raum für Raum - und ich kam gut voran!

In meinem Arbeitszimmer setzte ich mich an den Rechner. Es wäre doch gelacht, wenn ich im Netz nicht irgendetwas über Dylan McCabes Familie aus der Nähe von Atlanta finden würde.
Genau das war das Problem mit den meisten Menschen, sie machten sich total gläsern, verfolgbar, überwachbar, jeder konnte alles zu allen zurückverfolgen (davon konnte ich ein Liedchen singen....), aber sie nutzten die Möglichkeiten nicht, die das Netz ihnen bot.
Ich würde Ela eine Familie geben und wenn es nur die Großeltern, Onkel und Tanten der Jungs in den USA wären!

29. März 2016

- Ela -

„MAAAAMAAAAA - Ostern ist doch jetzt vorbei, also keine Feiertage mehr, oder?"
Ich wusste, es war eine Falle, denn die Frage kam so unschuldig von Noah, ich kam nur nicht dahinter, was er bezweckte.
„Ja, gestern war Ostermontag, die Feiertage sind also vorbei, wieso fragst du?"
„Du sagst doch immer, die Feiertage gehören der Familie, da besucht man keine Leute und verabredet sich nicht, oder? Und wenn das jetzt vorbei ist, dann dürfen wir uns doch verabreden, oder?"
Mittlerweile stand auch Tom neben seinem Bruder, beide versuchten, möglichst unschuldig auszusehen.
„Da hast du recht, mit wem wollt ihr euch denn verabreden? Tobias, Simon,...?" Ich freute mich, dass Noah die Initiative ergreifen und sich verabreden wollte. Das tat er sonst selten.
„Sam!", kam es von den beiden gleichzeitig.
Ich hätte es wissen müssen.
Am Anfang war Sam immer wieder Thema gewesen. Sie hatten mir Löcher in den Bauch gefragt, wieso er nicht mehr hier wäre, warum ich noch sauer auf ihn wäre, wann wir wieder etwas zusammen unternehmen würden.
Ich hatte keine Antwort. Ich wusste es ja selber nicht.
Ich vermisste ihn, vermisste die Sicherheit, die ich in den Wochen mit ihm gespürt hatte und nicht selten fragte ich mich, ob ich vor drei Wochen die falsche Entscheidung getroffen hatte.

Wie oft hatte ich mit Sue über unsere Charaktere in den Büchern geschimpft, wenn sie mal wieder gar zu „holzköpfig" waren, wenn sie sich selber Steine in den Weg legten und alles tausend Mal hinterfragten. Wir hatten uns über die Autorinnen aufgeregt, dass sie ihre weiblichen und auch männlichen Helden so uneinsichtig, schwierig und kompliziert haben erscheinen lassen.
Und jetzt?
Wenn ich ehrlich war, ich handelte jetzt genauso.
Es wäre so einfach gewesen, Sam einfach alles zu vergeben, mich auf diese Beziehung einzulassen, wir waren erst drei Wochen zusammen gewesen (waren wir das - richtig zusammen gewesen? Für mich hatte es sich auf jeden Fall so angefühlt), aber ich hatte von Anfang an gemerkt, dass das „was Richtiges" war, werden konnte.
Und nun zerredete ich alles, zerpflückte die Gefühle, fand Gründe, warum es nicht gut gehen konnte.
Ich hatte einfach Angst, das war's, nicht mehr, aber auch nicht weniger.
Was würde ich tun, wenn er jetzt auf einmal hier auftauchen würde?
Keine Ahnung, er hatte sich in den letzten Wochen hier nicht sehen lassen. Er hatte nicht mit mir gesprochen, kein Anruf, keine Nachricht.
Meine Söhne erzählten ab und zu ein bisschen, aber im Grunde auch das nicht wirklich.
Das Thema Sam wurde hier totgeschwiegen...
„Mamaaaaaa - träumst du? Dürfen wir? Und ja, wir melden uns, wenn wir bei ihm ankommen und wir essen nicht zu viel Süßes, spielen nicht Computer und sind um sechs zu Hause!"
Ich war noch in meinen Gedanken gefangen und nickte nur abwesend.

- Tom und Noah -

„Tom, wir müssen was machen. Die beiden spinnen total. Ich hab echt keine Lust auf so'n Mist."
„Du hast echt recht - Erwachsene sind völlig seltsam. Mama weint fast jeden Abend und denkt wir merken es nicht. Sam ist auch mies drauf."
„Keiner will über den anderen reden oder uns was fragen, aber wissen wollen sie alles."
„Wenn du mich fragst, dann sind die total verknallt und trauen sich nich!"
„Erinnerst du dich an den Film, den wir über Ostern mit Mama geguckt haben? Den mit den Zwillingen, die ihre geschiedenen Eltern wieder zusammenbringen wollten?"
„Das doppelte Lottchen meinst du - so'n Weiberkram, aber Mama wollte ihn unbedingt mit uns gucken."
„Genau - was meinst du, sollten wir die beiden auch wieder zusammenbringen?"
„So doof, wie die sich anstellen, wird das echt nicht leicht!"
„Wenn wir uns streiten, dann schickt Mama uns doch schon mal in unser Zimmer und wir dürfen erst raus kommen, wenn wir uns vertragen - meinst du das klappt bei Erwachsenen auch?"
„Wir könnten Sue fragen, die hat noch nie so'n Mist gemacht!"
„Ja, aber die hat auch ewig keinen Freund gehabt."
„Mama doch auch nicht … "
„Sollen wir Michael und David fragen, ob sie uns helfen? Immerhin sind die beiden schon eeeewig zusammen. Oder schaffen wir das allein?"
„Ich find die Idee mit dem Einsperren gut, aber wie kriegen wir sie in einen Raum?"

„Ich weiß, was wir machen. Und ich weiß, wer uns helfen wird … !"

31. März 2016

- Ela -

So was Blödes. Warum hatte Sue meine Chefin nur so falsch verstanden?
Nun war ich ganz umsonst zum Bistro gefahren, ich hatte mich schon gefreut, als Sue mir ausgerichtet hat, dass ich heute Abend doch arbeiten könnte, weil ein anderer krank geworden sei. Doch als ich dann dort ankam, hatte meine Chefin mich nur überrascht angeguckt. Ja, sie hätte zwar mit Sue telefoniert, aber wegen morgen Abend, nicht heute.
Also hatte ich den Weg umsonst gemacht und war nun wieder auf dem Heimweg. Dabei hätte ich das Geld und die Ablenkung gut gebrauchen können.
Dann eben ein Schaumbad, ein Buch und ein Glas Rotwein dazu.
Sue würde Tom und Noah mittlerweile ins Bett gebracht haben und es sich selber sicher auf dem Sofa bequem gemacht haben, vielleicht lief auch noch irgendeine Serie?
Als ich die Haustür aufschloss, hörte ich schon den Fernseher aus dem Wohnzimmer.
„Sue, beim nächsten Mal passt du bitte besser auf, wenn du ein Telefonat für mich annimmst - ich soll morgen arbeiten und nicht heute."
Doch statt Sue saß Sam auf unserem Sofa.
„Was machst du hier?" fragten wir beide wie aus einem Mund.
„Sue hat mich angerufen und gebeten für 2 Stunden auf die Jungs aufzupassen - sie hätte noch ein Date. Du würdest arbeiten!"

Sam war aufgestanden und langsam auf mich zugekommen. Hatte er schon immer so gut ausgesehen?
„Ich geh dann mal, ich weiß, du willst mich hier nicht sehen."
„Sam, ich …"
„Was, bist du bereit, mir zuzuhören?"
„Ich weiß nicht, was du mir sagen willst, du hast dich entschuldigt, aber eine Entschuldigung macht nichts gut, macht den Schaden nicht wieder gut. Ich habe dir verziehen, ich weiß nur nicht, ob ich dir wieder vertrauen kann!"

„Dann lass mich versuchen, es dir zu erklären. Hör mir bitte zu, fünf Minuten, ok, dann bin ich weg, aber vielleicht verstehst du mich dann ein bisschen, bitte?"
Er sah mir in die Augen und hielt mir seine Hand hin.
Er sah müde aus, traurig, angespannt, unglücklich.
Ich nahm seine Hand und ließ mich von ihm zum Sofa führen.

„Danke, es bedeutet mir viel, dass du mir zuhören willst.
Ich will mich auch gar nicht noch mal entschuldigen, ich werde dir auch nicht sagen, wie sehr du mir gefehlt hast, wie viel du mir bedeutest, wie oft ich an dich gedacht habe, wie gerne ich mit dir geredet hätte, wie ich dich vermisst habe, wie viele Küsse ich dir habe geben wollen in den letzten Wochen, wie …"
Ich musste unwillkürlich lachen. „Sam!"
„Gut, dann sag ich auch nicht, dass ich nachts von dir geträumt habe und dass ich mir gewünscht habe, ich könnte dich in den Arm nehmen.
Ich fange einfach mit meiner Erklärung an.
Als Tom mich bei unserem ersten gemeinsamen Essen - sagte ich schon, dass mir unsere gemeinsamen Essen

echt fehlen?? - fragte, was ich beruflich mache, da habe ich doch erzählt, dass ich eine zeitlang als Hacker unterwegs war. Was ich aber nicht erzählt habe, war, dass ich damals ein paar sehr seltsame Freunde hatte. Du kennst Michael, also weißt du, dass meine Eltern nicht gerade wenig Kohle haben. Ich rebellierte gegen so ziemlich alles, was meine Eltern vertraten. Mit nicht mal 20 war ich ein Rebell oder dachte zumindest, dass ich einer wäre, im Grunde war ich ein verzogener, halbstarker Idiot, nur zu blöde und zu geblendet, um das zu sehen.

Wie auch immer, einer meiner ‚Freunde' damals hatte ziemlich dubiose Kontakte und eines Abends saßen wir bei mir im Zimmer und starteten einen Cyberangriff auf den Bremer Polizeicomputer. Mein Kumpel war echt gut, er hatte es drauf und machte mir weiß, dass wir keine Spuren hinterlassen würden.

Er schaffte es tatsächlich, durch die Sicherheitsbarrieren durch zu kommen und ein kleines Programm einzuschleusen, das dafür sorgte, dass wie in einem schlechten Film alle Bildschirme nur noch Totenköpfe zeigten. Wir lachten uns halb tot, kifften und hatten echt unseren Spaß an dem Abend.

Mein Kumpel ging und .... tauchte nie wieder auf. Stattdessen standen mitten in der Nacht zwei Einsatzwagen der Polizei bei meinen Eltern vor der Haustür. Natürlich hatten sie innerhalb kürzester Zeit die IP-Adresse gehabt, zurückverfolgt und gewusst, von wo aus der Virus in ihr System eingeschleust worden war.

Drei Mal darfst du raten - ich hatte meinen Kumpel im Netz kennengelernt, er hatte mir einen falschen Namen genannt, er war weg und ich landete vor Gericht, denn Dummheit schützt vor Strafe nicht. Meine Eltern haben mir den besten Anwalt besorgt, den es für Geld gibt und ich kam mit einem blauen Auge, mit einer Bewährungsstrafe, davon.

Seitdem hat sich mein Leben in zwei Dingen geändert: zum einen habe ich Informatik studiert und biete Schulungen gegen Cyberkriminalität an, ich berate Firmen und mache deren Internetauftritte sicherer und zum anderen habe ich überhaupt kein Vertrauen in diese Technik. Ich benutze keine sozialen Medien, so gut wie keine Nachrichtendienste und mein privates Handy vergesse ich meistens, weil ich es so gut wie nie benutze.
Du warst eine totale Ausnahme, aber das bist du in vieler Hinsicht, denn ich habe noch nie für eine Frau so viel empfunden wie für dich.
Du musst mir glauben, es war mir nicht bewusst, wie sehr es dich verletzt und verunsichert, wenn du so lange nichts von mir hörst. Frag meinen Bruder, ich melde mich so gut wie nie, ich mag diese virtuelle Kommunikation nicht. Sie ist anonym, ich kann damit nicht umgehen, ich brauche Menschen, Gesichter, mit denen ich reden kann, keinen kleinen Kasten, der brummt, wenn mir einer etwas sagen will.
Das entschuldigt mein Verhalten nicht, aber vielleicht erklärt es das Ganze ein bisschen … .
Danke, dass du mir zugehört hast!"
Er beugte sich vor, gab mir einen leichten Kuss auf die Stirn und stand auf.
„Ich werde jetzt gehen."
„Sam … ", ich wusste nicht was ich sagen wollte, ich wusste nur, dass er nicht gehen sollte. Nicht so, nicht jetzt, ich - Scheiße, ich dachte genauso wie die Holzköpfe in den Büchern. Was genau sprach dagegen, den Schritt zu wagen?
Ich stand ebenfalls auf und nahm seine Hand.

Er hatte mir gefehlt, all das, was er vorhin aufgezählt hatte, fühlte, dachte und vermisste ich auch.
„Sam, ich habe dir schon mal gesagt, dass ich echt schlecht bin, wenn es um Beziehungen geht. Ich weiß nicht, was ich sagen soll, ich weiß nur, dass du mir gefehlt hast und unsere gemeinsamen Essen und deine Küsse und deine Nähe, dein Geruch, dein Lachen, selbst dein idiotisches Zwinkern. Ich möchte wieder Zeit mit dir verbringen und ich möchte sehen, wohin das mit uns führt. Wenn du noch willst …?"
Schnell schloss Sam mich in seine Arme und küsste mich - es war einer der auf gar keinen Fall unschuldigen Küsse.

Als wir uns voneinander lösten und Sam seine Stirn an meine legte, hörten wir Flüstern aus dem Nebenraum.
„Ich hab dir doch gesagt, dass Mamas Chefin mitmachen würde - aber wenn die jetzt immer so rumknutschen, dann frag ich mich, ob das echt 'ne gute Idee gewesen ist. Ist doch echt peinlich, wenn Erwachsene so knutschen, oder?"

24. August 2016

- Sam -

In den Sommerferien war Ela mit den Jungs bei mir eingezogen, es war, wie ich es erwartet hatte - wir passten einfach zusammen. Wir waren sehr schnell zu einer Routine in unserem Leben gekommen. Wer hätte das vor ein paar Monaten gedacht?
Natürlich ist nicht alles reibungslos verlaufen, aber mittlerweile ist jeder Bereich unserer Beziehung auch für Ela normal.

Nur den Jungs fällt es immer noch schwer, wenn sie sehen, wie wir uns küssen, doch damit müssen sie leben.

Zum Glück sind sie am Sonntag 10 Minuten „zu spät" in unser Schlafzimmer gestürmt, wer weiß, was sie dann gemacht hätten.....

Und heute darf ich die beiden zu ihrem 1. Schultag nach den Sommerferien begleiten. Ela hat tatsächlich ein Gespräch mit einem Designer, denn irgendwie hat der ein paar ihrer Zeichnungen in die Finger bekommen.

Ich hab ja gesagt, das Netz vergisst nie...

Aus Amerika habe ich noch nichts gehört, aber wer weiß, was noch kommt?

Für's Erste bin ich auf jeden Fall schon mal sehr dankbar!

Und ich hatte mich geirrt – nicht ich bin das Beste, war ihr je passiert ist. Sie war das Beste, was mir je passiert ist!

Was du für den Gipfel hältst …

Robin Lang

Hier und Jetzt Band 2

7. August 2016
- Sue -

Ich wurde mit einem leichten Brummschädel wach und musste mich erstmal orientieren, wo ich mich befand. Es war eindeutig nicht mein Schlafzimmer!
Das Schnarchen neben mir sagte mir, dass ich auch nicht alleine war – und dann setzte sie ein, die Erinnerung. Leider!
Das schnarchende (und leicht stinkende) Etwas neben mir war mein Ex, Markus. Wir waren uns gestern über den Weg gelaufen und irgendwie hatte eines zum anderen geführt. Wir hatten auf die alten Zeiten einen getrunken, dann noch einen und uns gut unterhalten. Es war ja nicht so, als wären wir im Streit auseinander gegangen, man hätte diese Beziehung auch weiter laufen lassen können. Mir war nur klar gewesen, dass ich ihn nicht liebte, so war die Beziehung vor zwei Jahren einfach im Sande verlaufen und wir hatten uns getrennt. Nicht, dass es was richtig Festes gewesen wäre. Mit Ela, den Jungs und meiner Ausbildung hatte ich wenig Zeit für ihn gehabt.
Markus war gestern echt süß gewesen, er hatte mir zugehört, denn ich war mies drauf. Er hatte nach meiner Mitbewohnerin Ela und ihren Söhnen gefragt. Da fiel mir wieder ein, warum ich an einem Samstag Abend alleine unterwegs war.
Über sechs Jahre lang waren Ela, ihre Zwillinge Tom und Noah und ich eine Einheit gewesen. Ich hatte sie mit gerade mal 20 Jahren kennengelernt. Ich war gerade bei meinen Eltern ausgezogen, um nach meinem Abitur ein duales Studium in einem Werbebüro zu

beginnen. Ela war damals 23 Jahre alt und alleinerziehend mit einjährigen Jungs. Der Vater der beiden war gestorben, bevor die beiden überhaupt geboren waren. Ela war völlig am Ende, lebte in einem Zimmer über einer kleinen Kneipe, in der sie damals kellnerte, um sich durchzubringen. Eine Familie hatte sie nicht, sie war schon seit Jahren Waise und auf sich allein gestellt.

Während einer meiner eher halbherzigen Versuche, unter Leute zu kommen war ich mit „Freunden" aus dem Studium unterwegs gewesen, so lernten wir uns kennen. Sie war müde vom Kellnern und ich genervt von den ewig gleichen Trinkspielen. Also kamen wir ins Gespräch.

Innerhalb kürzester Zeit stellten wir fest, dass wir uns prima verstanden. Ich, das überbehütete Küken aus der Provinz mit vielen Träumen und noch mehr Idealen und sie, die ziemlich hart auf dem Boden der Tatsachen angekommen war und in deren Leben nie viel Platz für Träume gewesen war.

Ich hatte eine drei Zimmer Wohnung und innerhalb eines Monats waren die drei zu mir gezogen. Wir teilten uns die Miete, lebten zusammen.

Es war perfekt, ich vermisste meine Familie (auch, wenn ich das meinen Eltern und Geschwistern gegenüber nie zugegeben hätte) – so wurden die drei zu meiner Familie. Wenn Ela arbeitete, passte ich auf die Kinder auf und auch meine Eltern schlossen sie schnell in ihr Herz und nutzten Besuche in der Stadt häufig, um „Großeltern" zu spielen, denn auch sie kamen mit ihrem leeren Nest zu Hause nicht so gut klar.

Vor drei Jahren hatten wir die Chance bekommen, in die etwas größere Wohnung im Erdgeschoss zu ziehen – und in genau der wohnte ich seit zwei Wochen alleine. Ela hatte sich im März Hals über Kopf in Sam

verliebt. Und der hatte mir– ohne es zu wissen oder zu wollen – meine Ersatzfamilie geklaut.
Bitte nicht falsch verstehen, ich gönnte den Vieren ihr Leben. Tom und Noah hatten viel zu lange eine echte Vaterfigur vermisst, denn außer ihren beiden schwulen Patenonkeln hatte es nie einen Mann in Elas Leben gegeben. Sam vergötterte die Zwillinge und natürlich auch Ela. Sie waren so glücklich zusammen und Ela hatte alles Glück dieser Erde verdient.
Aber ich war eben jetzt alleine – ihre Besuche waren nicht dasselbe. Sie haben zwar gescherzt, dass ich jetzt endlich ohne Bedenken Männerbesuch empfangen könnte oder vor dem Fernseher Sonntag morgens frühstücken, alles, was ich mit zwei kleinen Jungen im Haus nicht hatte machen können.
Aber unterm Strich war ich alleine.
Und genau aus diesem Grund war ich gestern Abend mit zu Markus gegangen und in seinem Bett gelandet.
Der Sex war gut – das war nie das Problem zwischen uns gewesen, aber sonst fehlte das gewisse Etwas und seit ich Sam und Ela zusammen sah, wusste ich, dass mir das hier nicht mehr reichen würde. Ich wollte das, was die beiden hatten.
Aber wo sollte ich so einen Kerl kennenlernen?
Sam war die perfekte Mischung aus Bad Boy und Familienmensch (es würde mich nicht wundern, wenn er Ela möglichst schnell einen Ring an den Finger stecken und die Familie vergrößern würde – keine Ahnung in welcher Reihenfolge!).
Eigentlich gab es sowas nur in Büchern, aber nun hatte ich so eine Art von Beziehung genau vor der Nase.
Vielleicht sollte ich mir eine Katze zulegen, dann hätte ich zumindest schon mal was zum Kuscheln?
Auf jeden Fall musste ich hier erstmal raus, am besten, bevor Markus wach wurde. Wenn ich Glück hätte,

würde er den Wink mit dem Zaunpfahl verstehen. „Ruf mich nicht an, ich ruf dich auch nicht an!"

Also schnappte ich mir meine Klamotten – die lagen schön gefaltet auf dem Stuhl neben dem Bett, soviel zum Thema Leidenschaft und Markus, darin war er wirklich nie gut gewesen.
Auf Zehenspitzen schlich ich ins Wohnzimmer – alles war wie vor zwei Jahren, alles an seinem Platz. Es juckte mir wie damals in den Fingern, seine sauber sortierten Kissen, Fotos, Zeitschriften durcheinander zu bringen. Er war so kontrolliert, konnte nicht aus sich heraus.
Oh Gott, wieso war ich mit zu ihm gegangen?
Wieder hatte ich nur eine Antwort – ich war einsam!

Vor der Haustür rief ich mir ein Taxi, denn zu Fuß würde ich die vier Kilometer mit den Schuhen nicht schaffen. Dann lieber die anzüglichen Blicke des Taxifahrers, der sich seinen Teil dachte, als er mich mit eindeutiger Abendgarderobe einsammelte.
Walk of shame at its best …
Aber ich war zu müde und nachdenklich, um mich darüber aufzuregen. Ich war mit Sicherheit nicht die Erste, die er so eingesammelt hat und auch nicht die Letzte.

Zu Hause stieg ich unter die Dusche und schloss einen Pakt mit mir selber: keine Männer mehr! Wo sollte ich auch welche kennenlernen? Im Büro gab es genau einen, den ich interessant gefunden hatte. Mit dem war ich dieses Jahr am Valentinstag aus gewesen – es war ein Super Gau gewesen, mehr wollte ich dazu nicht sagen!
Und mein Ausflug gestern hatte gezeigt: alleine in die

Kneipe gehen brachte es auch nicht, das hatte zu Sex mit dem Ex geführt – war nett, aber nichts, was ich nochmal brauchte.

Außerdem musste ich mir wohl oder übel eine neue Mitbewohnerin suchen, denn ich wollte meine Wohnung nicht aufgeben, ich hing an meinem sonnigen Wohnzimmer mit direktem Ausgang zu einer tollen Terrasse und einem kleinen Garten, in den ich viel Arbeit hineingesteckt hatte.

Und vielleicht wirklich eine Katze?

22. August 2016
- Sue -

Auf meine Anzeige auf der Suche nach einer Mitbewohnerin hatten sich bisher genau drei Frauen gemeldet. Die erste fiel sofort raus – sie stank so nach Zigaretten, dass ich sie am liebsten erst gar nicht in die Wohnung gelassen hätte. Die zweite saß kaum auf meinem Sofa und wollte bereits einen Plan erstellen, nach dem wir die Küche und das Bad nutzen würden. Denn auf gar keinen Fall wollte sie, dass wir uns da ins Gehege kämen, als sie dann noch fragte, ob ich auf Frauen stehen würde oder sie gar befürchten müsste, dass ich sie anbaggern würde, warf ich sie direkt raus.
Die dritte machte bei unserem ersten Gespräch einen wirklich netten Eindruck. Aber sie hatte so eine Art zu reden und zu lachen, dass ich mir nicht vorstellen konnte, mit ihr zusammen zu essen, zu kochen, zu lachen, fern zu sehen …
Langer Rede, kurzer Sinn: sie war nicht Ela und deshalb würde es nichts werden.
Ich würde meine Taktik ändern müssen.
Ich würde keinen Ersatz für Ela finden und vielleicht war die Idee mit der Mitbewohnerin doch nicht so toll, ich hatte zu große Ansprüche. Also eher eine Wohngemeinschaft, nur um die Miete aufzubringen. Zwar widerstrebte mir der Gedanke an ein eher anonymes Zusammenleben, aber mein Kontostand meinte, dass es langsam wichtig wäre, darüber nachzudenken. Wenn ich keinen Kredit aufnehmen oder gar meine Eltern anbetteln wollte, dann würde ich die

Miete noch zwei Monate zahlen können. Dann würde es echt eng werden. Ela hatte zwar angeboten, mir weiterhin etwas zu geben, bis ich eine neue Mitbewohnerin gefunden hätte, aber das wollte ich nicht.
Mit diesen Gedanken betrat ich das Bürogebäude, in dem die Werbeagentur „Mc & M" ihren Sitz hatte.
Ich arbeitete seit Januar hier und fühlte mich eigentlich sehr wohl, wenn man davon absah, dass die meisten Weiber sich vor allem durch Stutenbissigkeit auszeichneten und die Männer durch Bierbäuche und Angst vor Innovationen.
Montag Morgen bedeutete immer auch Wochenmeeting. Von 8.30 Uhr bis 9.30 Uhr saßen alle im großen Konferenzraum, es wurden alle Projekte kurz durchgesprochen, die Termine für die Woche wurden besprochen, alles Neue vorgestellt und jeden Montag wurden wir auf die Gemeinschaft eingeschworen – wohl eine Vorgabe unserer amerikanischen Mutteragentur?

Wir versammelten uns pünktlich, doch unser Chef ließ auf sich warten, etwas, was wir gar nicht von ihm gewohnt waren.
Mit zehnminütiger Verspätung betrat er den Konferenzraum – im Schlepptau einen Unbekannten. Einen zugegebenermaßen sehr attraktiven Fremden, ungefähr 1,85 m groß, mit langen schwarzen Haaren, die in einem man bun zusammengehalten wurden, ein stylischer Bart, blaue Augen, dazu trug er einen Anzug, etwas älter als ich, so um die 30 würde ich schätzen.
Attraktiv ja – aber sowas von nicht mein Typ, ich mochte diese geschniegelten, durchgestylten Typen nicht.
Einigen der Weiber im Büro schien er aber durchaus

zuzusagen, denn sie setzten sich direkt aufrechter, richteten ihren Vorbau und guckten nicht mehr halb so gelangweilt wie noch vor fünf Minuten.
Ich dagegen versuchte mich kleiner zu machen, was bei einer Größe von 1,75 m nicht leicht war. Außerdem fiel ich durch meine weißblonden Haare sowieso immer schnell auf. Ich wusste, dass andere Frauen mich um meine Haarpracht beneideten, aber die mussten sich ja auch nicht darum kümmern und die Daueranmachen aushalten.
Der Fremde ließ seinen Blick über die Anwesenden wandern, erwiderte Lächeln (wobei sein Lächeln nicht an den Augen ankam, es wirkte eher gequält – er war eindeutig müde …, Sue – nicht darüber nachdenken, du hast den Männern abgeschworen, schon vergessen?) und blieb auch kurz an mir hängen. Ich beendete den Blickkontakt so schnell, wie es die Höflichkeit zuließ und beschäftigte mich mit meinen Fingernägeln. Sollte er gleich merken, dass ich nicht zu seinem Fanclub gehörte!

Die Stimme meines Chefs Simon riss mich aus meinen Gedanken: „Entschuldigt bitte, dass ich mich etwas verspätet habe, aber ich musste Mr. Miller noch am Flughafen abholen. Mr. Miller ist aus Amerika und Juniorpartner unseres Mutterkonzerns und außerdem Teil des 'M' in unserem Namen. Er wird für einige Zeit hier in Deutschland bleiben und sich persönlich um einen größeren Auftrag kümmern. Für diejenigen von euch, die nun Angst um ihr Schulenglisch haben, Mr. Miller spricht sehr gut Deutsch, was seiner deutschen Großmutter geschuldet ist."
Brav und gut erzogen wie wir waren, klopften wir zur Begrüßung und um unser Wohlwollen zu bekunden auf den Tisch und warteten, dass unser neuer Boss ein paar

Worte an uns richtete, denn er atmete kurz durch, ein klares Zeichen dafür, dass er nun zu seiner Antrittsrede ansetzen würde.

Und das tat er auch – in gutem Deutsch mit einem ziemlich sexy Akzent.
„Guten Morgen erstmal, ich bin Jonathan M ... Miller, wie Simon mich gerade schon vorgestellt hat, komme ich direkt aus den USA, bin vor drei Stunden erst gelandet und werde für ein paar Wochen hier bleiben. Die Entscheidung, nach Deutschland zu kommen, haben wir sehr kurzfristig getroffen, deshalb hatten wir auch keine Möglichkeit, Sie alle darauf vorzubereiten. Sehen Sie bitte mein Auftauchen nicht als Kontrollbesuch an, verschiedene Gründe machen die Anwesenheit eines Vertreters der Firma notwendig, der Auftrag ist nur einer davon. Wir sind sehr zufrieden mit der Arbeit, die Sie alle hier leisten, wir sind uns sicher, dass Sie diesen Auftrag auch ohne Besuch aus den Staaten meistern könnten. Aber da ich nun einmal hier bin, werde ich diese Chance nutzen, mit dem einen oder anderen von Ihnen enger zusammen zu arbeiten und einen Einblick in Ihre Arbeitsabläufe zu erhalten."
Eine meiner Lieblingsstuten, Linda, kommentierte das flüsternd direkt mit „Ich hätte nichts dagegen, wenn er mit mir mehr als nur etwas enger zusammenarbeiten würde!"
Leider war ihr Flüstern wohl nicht annähernd leise genug gewesen, dem irritierten Blick nach zu schließen, den Mr. Jonathan Miller ihr zuwarf. Ich konnte mir ein Lachen kaum verkneifen – sofort wanderte sein Blick zu mir. Diesmal erreichte sein Lächeln seine Augen – was sein Gesicht gleich viel weicher erscheinen ließ. Schnell richtete ich meinen Blick wieder auf meine Fingernägel und brachte meine Gesichtszüge unter

Kontrolle.
Er griff seinen Faden wieder auf.
„Mit wem ich zusammenarbeiten werde, wird Simon entscheiden, es liegt bei ihm, wer an besagtem Auftrag maßgeblich beteiligt wird. Und bevor ich Sie nun alle entlasse, habe ich noch eine Bitte oder Frage an Sie - wie gesagt, meine Reise nach Deutschland kam für uns alle sehr überraschend, deshalb hatten wir keine Gelegenheit, uns von Atlanta aus Gedanken über eine Unterkunft zu machen. Fürs erste werde ich wohl in ein Hotel ziehen, aber da mein Aufenthalt ein paar Wochen oder Monate dauern wird, wäre ich dankbar für jeden Hinweis, ob irgendwo eine kleine nach Möglichkeit möblierte Wohnung zu vermieten ist. Ich mag es nicht, in Hotels zu wohnen und schon gar nicht für einen so langen Zeitraum. Das wäre dann alles – Danke!"

Ich nahm schnell meine Unterlagen, um den Raum zu verlassen, ich sah schon, wie die anderen sich sofort in Richtung Mr. Miller schoben – eine gute Gelegenheit, um zu verschwinden. Nach diesen Meetings war das Gedränge am Kaffeeautomaten immer riesig und da ich heute Morgen mal wieder verschlafen hatte, hatte ich meine morgendliche Dosis Koffein noch nicht erhalten. Ich war schon fast an der Tür, als Simon mich zurückrief.
„Sue, hast du noch kurz einen Moment?"
Ich konnte schlecht nein sagen, oder? Also machte ich kehrt und ging in Richtung Menschentraube.
„Jonathan – darf ich Ihnen Susanna Schulz vorstellen, ich hatte daran gedacht, dass Sie mit ihr und Niklas Trum hier das Team bilden, wenn Ihnen das Recht ist? Frau Schulz ist zwar erst wenige Monate in unserem Betrieb, aber dafür erfrischend jung und außerordentlich kreativ und Herr Trum hat dafür mehr

Erfahrung."
(Übersetzt sollte das wohl heißen, Frau Schulz ist oft zu unkonventionell und Herr Trum wird sie schon bremsen?)
„Da fällt mir ein, Sue, hast du mir nicht erzählt, dass deine Mitbewohnerin vor ein paar Wochen ausgezogen ist und du einen Nachfolger für sie suchst? Hast du schon jemanden gefunden? Sonst wäre Jonathan doch die ideale Übergangslösung für dich, oder?"

Oh Gott, wie sollte ich aus dieser Nummer wieder raus kommen?
„Simon, ich glaube nicht, dass sich Mr. Miller in meiner kleinen Vorstadtwohnung wohlfühlen würde, ich habe nur ein Bad und wollte eigentlich eine weibliche Mitbewohnerin!"
Mr. Miller schaltete sich ein: „Aber das klingt doch nach einer ganz wunderbaren Lösung, oder? Darf ich mir das Zimmer vielleicht gleich ansehen? Ich bin seit gestern Mittag unterwegs und wenn ich die Wohnungssuche so abkürzen könnte, wäre mir das sehr recht. Ich verspreche, dass ich ein ganz ruhiger Untermieter sein werde."
Er hatte auch noch die Frechheit, mich anzugrinsen, während er sich an Simon wendete: „Simon, Sie haben doch sicher nichts dagegen, wenn Frau Schulz mir jetzt schnell ihre Wohnung zeigt – immerhin war es Ihre Idee?!"
„Was, nein, natürlich nicht, ein ganz wundervolle Idee, dann könnt ihr euch gleich kennenlernen und Sie, Jonathan, können mir dann sagen, ob Sie sich eine Zusammenarbeit mit Sue vorstellen können. Es bleibt dann beim gemeinsamen Mittagessen? Sue, dich erwarte ich dann gegen elf Uhr wieder hier, wir müssen noch deine letzte Arbeit durchsprechen, sie war

zu ... wie soll ich es sagen ... extravagant für den Kunden!"

Ich stürmte aus dem Raum, mein scheinbar neuer Mitbewohner mir direkt auf den Fersen. Er schnappte sich einen Koffer, der an der Rezeption stand und folgte mir in den Aufzug.

Ich suchte nach Worten und wie immer redete ich, bevor ich dachte: „Ich muss mich glaube ich im Namen der Belegschaft für Lindas Bemerkung vorhin entschuldigen. So wie sie sind und denken nicht alle hier, Mr. Miller."

„Zuerst einmal nennen Sie mich doch bitte Nathan oder Nate, so nennen mich meine Freunde, dann sollten wir uns duzen, denn wir wohnen ja quasi zusammen und zu allerletzt: schade, bei einigen würde ich da schon eine Ausnahme machen!" Schon wieder dieses Grinsen, wobei man die Mundwinkel vor lauter Bart nur erahnen konnte.

Arroganter Mistkerl – leider führte seine letzte Bemerkung dazu, dass ich rot wurde, eine Eigenschaft auf die ich gut und gerne verzichten könnte, zumal er seine Stimme vertraulich gesenkt hatte und mir genau in die Augen blickte.

Zum Glück kam der Aufzug im Erdgeschoss an und wir traten in die Lobby des Gebäudes.

„Also gut, Sue, wo steht dein Auto?"

Ich lachte laut auf und führte ihn zum Hinterausgang, dorthin wo mein Fahrrad auf mich wartete.

Er blickte etwas ungläubig auf mein Herrenfahrrad, legte den Kopf schief und grinste vor sich hin. „Ok, 1 : 0 für dich. Ich ruf mir ein Taxi, gib mir deine Adresse und wir treffen uns da."

Im Taxi
- Nate -

Gott, wie ich diesen Auftrag hier hasste, aber mein Vater hatte mich bekniet, nach Deutschland zu fliegen, in der Agentur nach dem Rechten zu sehen und um eine Familienangelegenheit zu klären. Die Zusammenarbeit mit Sue könnte mir den Aufenthalt aber tatsächlich angenehmer machen. Nach außen schien es so als sei sie im Gegensatz zu dieser Linda nicht an mir interessiert, aber der Schein täuscht schon mal. Frauen wie Linda konnte ich zu hauf haben, an diesen Weibern war ich nicht mehr interessiert. Im Gegenteil, sie langweilten mich. Bei Sue spürte ich die Herausforderung, sie war witzig, unkonventionell, natürlich, süß und voller Feuer. Solche Frauen waren meist viel besser als diese glattgebügelten. Ich konnte mir den Kampf innerhalb und außerhalb des Schlafzimmers mit ihr schon so gut vorstellen. Sie würde sich nichts vormachen lassen und würde mir alles mit gleicher Münze zurück zahlen. Oh ja, Susanna Schulz war eine Aufgabe, der ich mich nur allzu gerne stellen werde. Und wenn wir schon zusammenwohnen würden, dann würde die Sache gleich viel interessanter werden. Es war nur eine Frage der Zeit, bis ich sie haben würde. Auch wenn sie im Moment noch den Eindruck machte, als würde ich sie kalt lassen.
Die Tatsache, dass sie eben im Aufzug errötet war, zeigte ganz deutlich, dass sie nicht so unbeteiligt war, wie sie gerne den Eindruck gemacht hätte.
Ich fragte mich, wie weit sich diese Röte wohl noch ziehen würde.
Und nun sollte ich aufhören, über all das nachzudenken, sonst würde ich gleich mit einer

deutlichen Beule in der Hose vor meiner neuen Vermieterin stehen.
Ich musste grinsen.
So gelöst und glücklich war ich seit ein paar Tagen nicht mehr gewesen, nicht mehr seit dieser seltsamen Email, die mich nach Deutschland geführt hatte.
Wenn ich nur wüsste, wo ich anfangen sollte?

- Sue -

Super, ganz, ganz tolle Situation.
Ich war heute Vormittag dank der Schleichwege kurz vor „nennen Sie mich Nate" zu Hause angekommen und hatte sogar ein bisschen Zeit gefunden, das Wohnzimmer und die Küche aufzuräumen.
Kaum war er da, hatte ich das Gefühl, dass die Wohnung mit ihm drin zu klein war. Er hatte eine unheimliche Präsenz, füllte den Raum oder saugte allen Sauerstoff hinaus, ich weiß nicht, was besser passte.
Er hatte sich die beiden Räume, die Ela bewohnt hatte, kaum angesehen. Der eine Raum war sowieso leer, denn die Möbel der Jungs waren mit in Sams Haus gewandert, Elas Möbel waren allerdings noch da und nach einem kurzen Blick entschied er, dass das wunderbar passen würde für ihn. Er hätte es nicht besser treffen können. Ausreden oder Gründe, die gegen unser Zusammenleben sprachen, tat er sofort ab.
Den leeren Raum würde er zu seinem Arbeitszimmer umfunktionieren, das wäre perfekt für ihn. Über die Miete verhandelte er erst gar nicht und da ich ja scheinbar machtlos gegen ihn war, hatte ich dann auch keine Skrupel gehabt, ihm mehr Geld abzuknöpfen als Ela gezahlt hatte und dazu noch einen Beitrag zur Haushaltskasse. Wer weiß schon, was so ein Baum von einem Mann essen würde und ob er sich dazu herablassen würde, selber mal einkaufen zu gehen. Nach allem, was ich von ihm wusste, war er mit einem goldenen Löffel im Mund zur Welt gekommen. Immerhin gehörte ihm oder seiner Familie eine gut laufende Werbeagentur!
Dreist wie er war, hatte er sich direkt einen Schlüssel von mir geben lassen.

Ich musste zurück zur Arbeit, um mir meinen Rüffel wegen meines letzten Auftrags abzuholen. („Versteh mich nicht falsch, Sue, du leistest tolle Arbeit, du bist nur für einige Kunden zu progressiv, die wollen beim guten Alten bleiben, wir müssen sie mit mehr Fingerspitzengefühl zu einer neuen Linie bringen!")

Danach verschwand Simon zu seinem Essen mit Nate und kam freudestrahlend wieder. Er hätte mich in den höchsten Tönen gelobt, er wolle mich unbedingt in seinem Team und fände die zwei Zimmer „totally perfect" für seine Bedürfnisse.
Nun saß ich mit einem Glas Wein in einer Jogginghose auf dem Sofa und guckte Nachrichten. Zu Hause mochte ich es vor allem bequem, Hoodie und Jogginghose gehörten zu meinem normalen Freizeitdress, dazu kuschelige Socken, ein Glas Wein, eine schöne Soap oder eine Schnulze auf meinem Reader und mein Abend war gerettet.
Zum Kochen hatte ich wie so oft keine Lust gehabt, deshalb stand ein Teller mit Möhren und Paprika und einer mit Chips neben mir. Es könnte ein perfekter Abend werden.
Leider ging genau in diesem Augenblick die Haustür auf.
Mein neuer Mitbewohner kündigte sich mit einem „ich wusste nicht, ob ich klingeln soll – ich hab's gelassen!" an und stand keine Minute später in meinem Wohnzimmer.
Sein Anblick verschlug mir den Atem – weg waren Anzug und Krawatte, auch der man bun hatte sich in Nichts aufgelöst. Statt dessen stand da ein eindeutig heißer Bad Boy, wie ihn kein Kopfkino der Welt besser hätte erschaffen können. Sein Business Outfit war Jeans, Shirt, Lederjacke und Stiefeln gewichen, die

Haare, die kürzer waren, als der Zopf es vermuten ließ, hingen ihm tief in die Augen und reichten bis über die Schultern.
Ich schluckte schnell, nahm mein Weinglas und hoffte, möglichst unbeteiligt zu wirken.
„Schon gut, du wohnst ja jetzt hier, dann wäre es seltsam, wenn du klingeln würdest, oder? Jetzt, wo du da bist, müssten wir uns noch auf ein paar Punkte in unserem Zusammenleben einigen."
Er setzte sich zu mir aufs Sofa, für meine Begriffe ein bisschen zu nah, ich konnte seine Wärme spüren und ihn riechen, er nahm sich eine meiner Möhren, biss hinein, lehnte sich zurück und meinte: „Ich bin ganz Ohr!"
War es auf einmal wärmer im Wohnzimmer geworden? Mir kam es auf jeden Fall so vor. Ich spürte seine Wärme und wieder mal schoss mir die Röte ins Gesicht.
„Zuerst einmal wirst du im Sitzen pinkeln und den Deckel nach der Benutzung wieder runterklappen, im Badezimmerschrank müsste genug Platz für deinen Kram sein, ich selber hab auch nicht so viel, also sollten wir uns da nicht ins Gehege kommen. Ich bin keine große Köchin, aber ab und zu mach ich das ganz gerne, wenn du da bist, kannst du gerne mitessen. Ansonsten spült jeder seine eigenen Sachen. Ich kenn deine Gewohnheiten nicht, ich bin ein Morgenmuffel, sprich mich also nicht vor meinem ersten Kaffee an. Unter der Woche frühstücke ich eigentlich nie, wenn du also irgendwas Besonderes haben willst – kauf es dir. Ich esse es dir bestimmt nicht weg, keine Ahnung, was ihr Amis so frühstückt."
„Alles verstanden, sonst noch was?"
„Wenn du eine deiner Eroberungen mit nach Hause bringen willst, sei diskret, kein walk of shame, aber

bitte auch keine Einladung zu einem Frühstück zu dritt am nächsten Morgen."
„Gilt das auch für dich?"
„Was meinst du? Was soll auch für mich gelten?"
„Kein Männerbesuch, kein Frühstück, Diskretion!"
„Du wirst nichts davon mitbekommen!", antwortete ich schnippisch, was ging den mein Liebesleben an (welches Liebesleben – du hast den Männern abgeschworen, Sue!)?
Nate rückte näher an mich heran. „Ich werde nichts mitbekommen oder es wird keinen Mann geben? Was mich angeht, wirst du nichts mitbekommen, weil es nichts mitzubekommen geben wird. Ich habe nicht vor, mich hier auf irgendetwas *Unbekanntes* einzulassen."
So wie er dieses Wort sagte, war ich gezwungen, ihm ins Gesicht zu sehen, um versuchsweise darin zu lesen, ob er meinte, was ich dachte, was er meinte.
Das hätte ich mal besser gelassen, sein Gesicht war meinem so nah, dass nur wenige Zentimeter dazwischen lagen. Ich sah ihm in die Augen (wow – was für ein blau mit grünen Sprenkeln) und was ich darin las, ließ meine Knie weich werden – zum Glück saß ich – und in meinem Inneren bildete sich ein seltsam warmes Gefühl, das ich gar nicht einordnen wollte. Außerdem merkte ich, dass ich schon wieder rot wurde.
Ich traute mich nicht, ihn länger anzugucken und widmete mich heute zum wiederholten Male meinen Fingernägeln. Wer hätte gedacht, dass eingerissene, unlackierte Fingernägel so interessant sein könnten?
Ich griff nach den Chips und setzte mich zurück, um Distanz zwischen ihn und mich zu bringen. Was hatte er vor? Wollte er mich irgendwie verwirren, um den Verstand bringen, einfach nur nerven? Wie sollte das nur mit uns funktionieren? Er wohnte gerade mal zehn

Stunden hier und bereits jetzt verwirrte er mich mit seiner Anmache. Er war so grausam selbstsicher. Das war genau der Grund, warum ich ihm widerstehen musste. Sein Ego würde nicht mehr durch die Tür passen, sollte ich schwach werden und mich auf ihn einlassen!

„Darf ich auch Forderungen für unser Zusammenleben stellen?", riss er mich aus meinen Gedanken.

„Das kommt darauf an – welche Forderungen?"

„Forderungen ist vielleicht das falsche Wort. Mehr Informationen weitergeben, Vorschläge unterbreiten, das trifft es besser …?!"

„Was genau meinst du?"

„Bist du immer so argwöhnisch?"

„Argwöhnisch?", ich musste lachen, „hast du einen Duden auswendig gelernt, kein Mensch benutzt mehr das Wort argwöhnisch."

„Was soll ich sonst sagen? Wieso vertraust du so wenig, wieso hinterfragst du immer alles, wieso denkst du immer, jemand wollte dir was Böses? So besser?"

„Ok, ich weiß, was du meinst – du hältst mich für argwöhnisch? Du kennst mich nicht, ich kenne dich nicht, du wolltest hier wohnen, ich weiß nicht, was du von mir willst. Also gib mir deine Informationen, mach deine Vorschläge …", ich war genervt, wieso schaffte er es in so kurzer Zeit, die richtigen Knöpfe bei mir zu finden, so dass ich mich beleidigt, getroffen fühlte?

Nate sah zu mir hinüber, er wollte etwas erwidern, aber dann überlegte er es sich anders.

„Ich wollte dir nicht zu nahe treten. Lassen wir das – ich wollte dir nur einen oder zwei Vorschläge machen, der erste ist: ich habe mir ein Mietauto besorgt, wenn du also mit mir zum Büro fahren willst, bist du herzlich eingeladen, für gutes Wetter werde ich mir ein Motorrad besorgen, auch da darfst du gerne mit, wenn

du willst. Und was das Kochen angeht – ich koche sehr gerne und du bist auch hier herzlich eingeladen, etwas davon mitzuessen. Morgen in der Mittagspause werde ich einkaufen gehen und morgen Abend zum ersten Mal kochen.
Eine Frage habe ich dann noch. Kennst du hier eine gute Laufstrecke – ich würde morgens gerne ein bisschen laufen gehen. Nicht viel, so zehn oder zwölf Kilometer. Nein? Okay, dann lauf ich einfach mal so los.
Und nun geh ich ins Bett, mir hängt der Flug noch nach. Gute Nacht!"
Er nahm sich noch eine Möhre, zwinkerte mir zu und ging tatsächlich in sein Zimmer und tauchte für den Abend nicht mehr auf.

23. August 2016

- Sue -

Mein Wecker hatte mittlerweile dreimal neu angesetzt, um mich aus dem Schlaf zu holen. Wie gesagt, ich war ein Morgenmuffel.

Ich quälte mich aus dem Bett, ich hatte schlecht oder besser gesagt wenig geschlafen, ich hatte mich lange hin und her gewälzt. Zu wissen, dass Nate nur durch ein Zimmer von mir getrennt schlief, hatte mich lange wach gehalten. Wie er wohl schlief? Nackt oder nur mit Boxershorts? Ich dachte entschieden zu viel über diesen arroganten Kerl nach. Aber über ihn nachdenken durfte ich, alles andere würde ich mir streng verbieten. Er war mein Chef, er würde nicht lange in Deutschland bleiben und vor allem hatte er eindeutig das Potenzial, mir das Herz zu brechen.

Was sagt das über mich mit 26 aus, wenn mir bisher noch nie das Herz gebrochen worden ist? Ich hatte natürlich schon Beziehungen gehabt und auch kurzen Affären gegenüber war ich bestimmt nicht abgeneigt, aber ich glaube, ich war noch nie richtig verliebt gewesen.

Ein kurzer Blick an mir runter zeigte mir, dass ich mich so ins Bad schleichen konnte. Selbst wenn er mir begegnen würde, war ich mit T-Shirt und Shorts genug angezogen. Ich schnappte mir meine Klamotten für den Tag – T-Shirt und knielange Hose. Wir hatten selten Kundenkontakt und durften im Grunde anziehen, was wir wollten, was bei mir in der Regel auf 'bequem' hinauslief. Wobei ich ab und zu schon Lust hatte, mich richtig aufzubrezeln, aber im Moment wollte ich auch

Nate ein eindeutiges Signal geben, nämlich, dass ich völlig uninteressant und unscheinbar war.

Ich öffnete vorsichtig meine Tür, lauschte – keine Geräusche - und ich kam unbehelligt im Badezimmer an.

Die Dusche wusch die letzten Reste Müdigkeit weg und ich nahm mir etwas Zeit für meine Haare – ich wusch und spülte sie durch und wickelte sie in ein Handtuch, bevor ich mich anzog und in Richtung Küche ging.

Von dort erwartete mich ein himmlischer Kaffeeduft und ein sexy durchgeschwitzter Mitbewohner – er musste tatsächlich laufen gewesen sein. Seine Haare waren wieder in einem Zopf gefangen, nicht so ordentlich wie gestern, die Laufhose ließ nicht viel Raum für Spekulationen und auch das Shirt saß ziemlich eng. Am Oberarm hatte er eine dieser Taschen, in die man das Handy oder was auch immer stecken konnte, wohl um sich selber zu überwachen, bei ihm hingen zusätzlich noch Kopfhörer heraus.

Wortlos hielt er mir meinen Kaffeebecher hin (Ela und ich hatten uns einen Spaß gemacht und gemeinsam Becher mit dem dicken pinken Wort „MEINS" bedrucken lassen – ihre Tasse hatte sie beim Auszug mitgenommen) und deutete ebenso wortlos auf Milch, Zucker und Süßstoff, die sauber aufgereiht neben der Kaffeemaschine standen.

Mir war nicht ganz klar, was diese ganze Aktion hier sollte, aber ich blieb genauso stumm und deutete auf Milch und Süßstoff, die er mir dann mit einem eindeutigen Grinsen, das auch seine Augen erreichte, rüberreichte. Ich goss genug Milch hinein, bis der Kaffee genau die richtige Farbe hatte und warf einen Süßstoff hinterher, rührte mit dem Löffel, den er mir reichte, um und nahm einen großen Schluck. Dabei schloss ich genießerisch die Augen – nichts ging über

einen guten, starken Kaffee am Morgen.
Ich hörte Nate leise lachen und öffnete fragend die Augen.
„So, nachdem ich mich nun an die erste Regel gehalten habe – kein Gespräch vor dem ersten Kaffee – wünsch ich dir einen wunderschönen guten Morgen. Hast du gut geschlafen? Ich würde jetzt gerne duschen und dann ins Büro fahren. Ich nehm das Auto, willst du mitfahren oder nimmst du das Rad?"
Ich verschluckte mich fast an meinem Kaffee – wieso tat er sowas? Er stand verschwitzt in meiner Küche, kochte Kaffee für mich, hielt sich an meine Regeln, so bescheuert sie auch waren und nun bot er mir noch eine Mitfahrgelegenheit an.
„Danke für den Kaffee, ich werde das Rad nehmen, das Wetter spielt mit, so bekomme ich wenigstens ein bisschen Bewegung. Außerdem fahre ich jetzt gleich schon los, ich hab noch ein paar Akten auf dem Tisch, die wollte ich wegarbeiten, bevor die anderen kommen. Wir sehen uns dann später?!"
„Okay – gehen wir Mittagessen?"
„Wieso sollten wir zusammen Mittagessen? Ich gehe selten Mittagessen, ich nehme mir meistens etwas mit und außerdem bist du mein Boss, ich glaube nicht, dass das so gut ankommt, wenn du bei mir wohnst und die Leute dann noch sehen, dass wir zusammen essen gehen."
„Wieder so argwöhnisch? Und wieso kümmert es dich, was die anderen denken?"
„Wieso mich das kümmert? Du bist für ein paar Wochen hier, aber wenn du wieder in deinen Flieger steigst, werde ich immer noch hier sein und immer noch im gleichen Büro sitzen, mit den gleichen Leuten, die jetzt schon ein Problem mit mir haben."
Er trat einen Schritt näher an mich heran.

„Sue, sieh mich an, reden wir jetzt gerade von einem Mittagessen oder von etwas anderem?"
Ich drehte mich um, er sollte nicht sehen, wie recht er vielleicht mit seinem Satz hatte – ging es wirklich nur um das Mittagessen oder um diese blöde Anziehung, die ich spürte, obwohl ich sie nicht spüren wollte? Spürte er sie auch – oder war ich nur eine Herausforderung für ihn?
„Ich weiß nicht, was du meinst."
Ich griff um ihn herum, um die leere Tasse in die Spüle zu stellen und verließ die Küche in Richtung meines Zimmers. Dort stellte ich fest, dass die Zeit mal wieder – wie immer – nicht reichte, um meine Haare zu föhnen, so nahm ich nur das Handtuch ab, kämmte sie kurz durch und flocht sie zu einem lockeren Zopf zusammen.
An der Haustür schnappte ich mir meinen Rucksack und den Helm, aus der Küche nahm ich noch schnell eine Banane, eine Packung Kekse und eine Flasche Wasser fürs Mittagessen mit (shit – Nate hatte meine Kaffeetasse gespült und Milch und Zucker wieder weggeräumt, auch die Kaffeemaschine war aus und sauber.... - der Kerl machte mich fertig!). Schnell wählte ich aus meiner Playlist die richtige Musik für den Weg zur Arbeit und ließ mich von Bon Jovi und seinen Jungs berieseln, während ich durch die kleinen Gässchen meiner Vorstadt in Richtung Büro radelte.

Ich war tatsächlich noch vor acht Uhr da und ging sofort an die Arbeit. Das meiste war recht stupider Verwaltungskram, denn da ich ja mit Nate und Niklas das neue Projekt bekommen sollte, hatte ich nichts Neues auf dem Tisch.
Gegen 9.30 Uhr machte ich meinen ersten Gang zu unserer kleinen Küche und traf dort prompt auf Linda.

Die beäugte mich abschätzend von oben bis unten und zischte mir ein „bild dir bloß nichts darauf ein, dass er bei dir wohnt. Wieso sollte er ein Mädchen nehmen, wenn er auch eine richtige Frau haben kann?" zu.
Ich lehnte mich an die Arbeitsplatte.
„Linda, ich will ihn gar nicht, du kannst ihn haben, wenn du willst und wenn er dir die Chance dazu gibt – übersehen wird er dich heute auf jeden Fall nicht!"
Und damit hatte ich nicht übertrieben. Wo ich heute viel Wert auf dezentes, unauffälliges Auftreten gelegt hatte, war es bei Linda sehr deutlich, dass sie auffallen und gesehen werden wollte.
Sie war in den Farbtopf gefallen, was ihre Schminke anging, außerdem musste sie drei Stunden früher aufgestanden sein, um sich um ihre Haare zu kümmern. Auch ihre Kleidung hatte sie mit viel Körpereinsatz gewählt. Aber bitte, wenn sie es so mochte, und wenn Nate auf sowas stand, dann fragte ich mich gleich noch mal mehr, was er dann von mir wollte.
„Sobald Jonathan hier auftaucht, wird er mich schon bemerken, dafür werde ich sorgen!", damit drehte sie sich auf dem Absatz ihrer High Heels gekonnt weg, warf ihre Mähne über ihre Schulter und verließ die Küche.
Oh Gott, wie ich diese Ziege hasste, sie war echt die Schlimmste von allen und wenn ich nun in ihr Visier geraten war, dann musste ich mich wirklich in Acht nehmen. Ich hatte im Frühling mitbekommen, wie sie eine wirklich nette, schüchterne Bürokraft fertig gemacht hatte. Ich habe zwar mein Bestes versucht und für die andere gekämpft, aber die hatte dann freiwillig gekündigt. Sie meinte, dass sie sich dieser Situation nicht noch länger aussetzen wollte und lieber etwas anderes suchen würde, für Linda wollte und könnte sie nicht mehr arbeiten.

Ich ging zurück in mein Büro und vergrub mich in Arbeit, denn wer konnte schon sagen, wie viel ich noch schaffen würde, wenn das neue Projekt startete?

Bis zur Mittagspause war ich fertig mit allem, inklusive dem Abheften aller Unterlagen auf meinem Schreibtisch. So produktiv war ich lange nicht gewesen und so aufgeräumt war mein kleines Büro auch lange nicht gewesen – was aber bestimmt nicht daran lag, dass ich einen guten Eindruck hinterlassen wollte!

Ich schnappte mir mein Wasser, die Banane und meinen eReader und machte mich auf den Weg zu dem kleinen Atrium, das von unserem Bürogebäude eingeschlossen wurde. Dort verbrachte ich meine Pausen meistens. In der einen Ecke standen die Raucher bei Regen, Schnee und Eis, also nahm ich die andere Ecke.
Ich stellte mir den Wecker auf meinem Handy, denn es war mir schon mal passiert, dass ich so von meinem Buch gefesselt war, dass ich das Ende der Mittagspause gar nicht mitbekam und zehn Minuten zu spät zurück im Büro war – natürlich hatte Linda mich dabei gesehen...

Schon nach wenigen Sätzen hatte mich das Buch komplett gefesselt und ich vergaß alles um mich herum. Plötzlich fiel ein Schatten auf mich – ich hob den Blick, natürlich war es Nate.
„Du bist schwer zu finden," stellte er fest, während er sich wie selbstverständlich neben mich setzte.
„Hast du dir schon mal überlegt, dass ich nicht gefunden werden will?"
„Sue, was hast du gegen mich? Immer, wenn ich versuche, nett zu dir zu sein, verpasst du mir eine Abfuhr. Hey, ich bin ganz alleine in diesem Land, ich

kenne niemanden und ich will mich nur mit dir verstehen, mehr nicht. Sag mir, was ich machen kann, damit wir Freunde werden können."
Er tat mir fast leid, er klang ehrlich, vielleicht hatte ich in sein Verhalten mir gegenüber zu viel hineininterpretiert, vielleicht war dieser flirtende Unterton bei ihm völlig normal und nur ich war zu blöde und las mehr darin, als es zu lesen gab?
„Sorry, ich weiß, ich kann unausstehlich sein. Eigentlich bin ich nicht so, ich bin es nur gewohnt, ständig Trubel um mich zu haben. Bis vor kurzem wohnte meine Freundin mit ihren Kindern noch bei mir, doch sie sind zu ihrem Freund gezogen und haben ein riesiges Loch hinterlassen. Sie haben sogar fast alle Fotos von uns mitgenommen, die vorher im Wohnzimmer hingen. Ela hatte immer von einer Fotowand geträumt, auf der man die Entwicklung ihrer Kinder sehen konnte. Die haben sie sich jetzt bei Sam gemacht. Es sieht toll aus – aber mir fehlen meine Fotos. Wir haben noch gescherzt, ob sie mir nicht doch die Bilder da lassen sollen und ich hab nur abgewunken, ich wäre froh, wenn die Bude mal leer wäre und ich könnte die Bilder ja ersetzen. Aber dazu fehlte mir die Zeit und die Lust – und nun fehlen sie mir. Alles fehlt mir, die Unruhe, das Durcheinander, das Streiten, sie waren meine Familie und obwohl sie nur ein paar Kilometer weiter weg wohnen und wir uns regelmäßig sehen, … es ist einfach anders."
Nate zog mich in eine kumpelhafte Umarmung. „Hast du keine andere Familie?"
„Doch, zwei ältere Brüder und auch meine Eltern wohnen in der Nähe, aber Ela und ich, wir waren ein Team, wir brauchten und ergänzten uns – wenn wir lesbisch wären, wäre das Leben perfekt gewesen. Versteh mich nicht falsch, ich gönne ihr ihr Glück, sie

war viel zu lange alleine und Sam ist super, er liebt meine Familie wie sie geliebt werden sollte. Aber sie fehlen mir eben."
„Ich versteh dich gut, mir fehlt meine Familie auch, ich bin erst drei Tage weg von ihnen, aber wir sind und waren immer eng..."
In diesem Moment ging sein Handy.
Er stand auf: „Sorry, da muss ich dran gehen", und entfernte sich etwas von mir.
„Hey, Darling, what's up, it's pretty early over there, isn't it?"
Ansonsten hörte ich nur Bruchstücke der Unterhaltung, Dinge, die keinen Sinn ergaben. Ab und zu strich er sich offensichtlich frustriert durchs Gesicht oder die Haare. Nach ein paar Minuten kam er wieder auf mich zu während er das Gespräch beendete.
„No, nothing, I don't even know where to start...... Yes, give them a kiss and tell them I love them.... talk to you later... bye baby girl!"

Ooooookayyyyy – das klang nach Frau und Kindern, also war alles nur in meiner Phantasie. Gut zu wissen, dann Kumpel, damit kann ich leben, das kann ich. Ich würde ihn in Zukunft einfach genauso behandeln wie die Freunde meiner Brüder, damit war ich groß geworden.
Bevor er sich wieder neben mich setzen konnte, erinnerte mich mein Wecker daran, dass die Zeit vorbei war und ich wieder ins Büro musste.
Ich stand auf, winkte mit meinem Handy und meinte nur: „Meine Pause ist vorbei, ich muss zurück an meinen Platz, bevor mein Chef sauer wird." Dazu versuchte ich, ein möglichst echt wirkendes Lächeln aufzusetzen.
Es schien wohl zu funktionieren, denn er erwiderte es

offen und meinte mit einem Zwinkern: „Du vergisst wohl, dass ich dein Chef bin …"
Ich sah ihm ein letztes Mal in die Augen und konnte den ernsten Ton wohl nicht ganz aus meiner Stimme verbannen.
„Nein, Jonathan, DAS habe ich nicht vergessen!"
Mit diesen Worten ließ ich ihn stehen, packte meine Sachen in den Rucksack und ging zurück ins Gebäude.

Abends

Ich wusste, ich war ein totaler Angsthase, aber ich traute mich nach Büroschluss nicht in meine eigene Wohnung.
So nahm ich einen Umweg und schaute bei Sam und Ela vorbei.
Sie empfingen mich mit offenen Armen und einem Sekt – wie gut Ela mich doch kannte.
Sie hörte sich an, wie ich mich abwechselnd über Jonathan aufregte und von ihm schwärmte. Gott, ich war sowas von im Arsch, denn die ganze Sache mit dem Fernhalten konnte eigentlich gar nicht gut gehen. Ich war so neugierig und von ihm angezogen, aber ich wollte auch nicht die andere Frau, die Affäre werden, wenn er in den Staaten Frau und Kinder hatte. Also musste ich mein bestes Pokerface aufsetzen und ihm nach Möglichkeit aus dem Weg gehen – eine meiner leichtesten Übungen, wenn wir zusammenwohnten.
Unser gemeinsames Arbeiten würde morgen starten, aber da hatten wir Niklas als Puffer zwischen uns, das würde schon helfen.
Ela versuchte mich aufzubauen – wenn er sich wirklich an mich ranmachen würde, dann wüsste ich, dass er ein

Fremdgänger wäre. Das würde ihn dann für mich unattraktiv werden lassen.
Elas Wort in Gottes Gehörgang, rein äußerlich könnte er nicht unattraktiv werden und da ich bisher jedem Gespräch mit ihm möglichst aus dem Weg gegangen war, machte genau das eben diese Anziehung aus.
„Ich glaube, wir kommen dich am Wochenende besuchen, den Kerl muss ich mir angucken!"
„Hey, das hab ich gehört," Sam kam von hinten und zog Ela in seine Arme. „Du musst dir keine fremden Männer angucken gehen, du hast mich – das reicht doch, oder?" Er küsste sie sanft auf die Schläfe und Ela ließ sich vertrauensvoll in seine Umarmung sinken.
Jupp – das war's, das wollte ich und ich war mir sicher, dass ich das mit Jonathan nie bekommen würde. Meinem Hirn war das klar, aber meine Schmetterlinge und meine Libido waren davon noch nicht überzeugt, die wollten einfach nicht auf mein Hirn hören!

Als ich gegen 21.30 Uhr meine eigene Haustür aufschloss, kam ich mir fast vor wie mit 16 Jahren, als ich mich bei meinen Eltern reinschleichen musste, weil ich meine Ausgehzeit überschritten hatte.
Ich musste über mich selber lachen – das verging mir, als ich einen ziemlich sauren Jonathan in meinem Wohnzimmer sah. Der Tisch war gedeckt – Mist, er hatte tatsächlich für uns gekocht. Nun saß er auf dem Sofa und starrte auf sein Handy.
Er sah auf als er mich hörte, er sah frustriert, müde, sauer aus – warum?
„Wo kommst du her? Ich habe mir Sorgen gemacht, ich hatte noch nicht mal eine Handynummer von dir. Ich habe auf dich gewartet …"
Mir lag eine Entschuldigung auf der Zunge, doch dann fiel mir ein, dass ich ihn erst seit gestern kannte, er erst

seit einem Tag bei mir wohnte und ich im Grunde nichts von ihm wusste.

„Was soll das? Du bist mein Untermieter, ich bin dir überhaupt keine Erklärung schuldig. Ich hatte ein Leben, bevor du hier reingeschneit bist und werde eins haben, wenn du wieder verschwindest. Ich bin alt genug, ich kann auf mich aufpassen, ich lebe seit sechs Jahren alleine." Ich funkelte ihn wütend an. Was bildete sich dieser arrogante Kerl überhaupt ein?
„Entschuldigung, ich habe wohl überreagiert, tut mir leid. Ich bin wohl etwas überbehütend, was Menschen angeht, die mir was bedeuten. Ich hatte einen Bruder, weißt du …", hier brach er ab und schüttelte den Kopf, als wolle er Erinnerungen los werden.
„Würdest du mir bitte deine Nummer geben, ich will dich nicht kontrollieren, ich habe mir nur wirklich Sorgen um dich gemacht. Ich hatte für uns gekocht – so als Begrüßungsessen. Das steht jetzt im Kühlschrank, falls du noch etwas möchtest. Ich bin müde und geh ins Bett."
Mit diesen Worten kam er zu mir, nahm mich kurz in den Arm, drückte mir einen Kuss auf die Stirn und ließ mich völlig verwirrt stehen.
Er hat sich Sorgen um mich gemacht, ich bedeutete ihm etwas – er kannte mich doch gar nicht? -, er hatte für mich gekocht und was zum Teufel sollte dieser halbe Satz bedeuten „ich hatte einen Bruder …"
Ich steckte noch tiefer in der Scheiße, als ich gedacht hatte.
Denn auch, wenn ich Jonathan erst so kurz kannte – er hatte die Macht, mich dazu zu bringen, ihm zu glauben, ihm zu vertrauen.

26. August 2016

- Sue -

Im Laufe der letzten Tage waren wir in eine angenehme, durch und durch freundschaftliche Routine gefallen. Wenn ich morgens aufstand, kam er meistens gerade vom Laufen und hatte Kaffee gekocht. Wenn ich dann meine nötige Dosis Koffein zu mir nahm, duschte er sich.
Meistens war ich schon unterwegs, bis er sich fürs Büro fertig gemacht hatte. Es gab tatsächlich zwei verschiedene Personen – einmal den Büromensch, ordentlich, distanziert, durch und durch professionell, immer im Anzug, voll auf das Projekt und die Firma konzentriert und zu Hause kam der andere Mensch zum Vorschein, ziemlich cool, meist in Jeans oder sogar abgeschnittenen Jogginghosen (oder Sweatpants, wie er sie nannte, aber mit amerikanischem Akzent versehen klang das echt besser), die Haare hingen meist offen, außer wenn er für uns kochte. Das tat er zugegebenermaßen jeden Abend und er konnte es ziemlich gut.
Im Geiste unterschied ich auch zwischen dem 'Büro – Jonathan' und dem 'Privat – Nate', wobei ich versuchte, ihn immer nur Jonathan zu nennen, genauso wie der Rest der Firma. Denn außer mir hatte er keinem seinen Spitznamen genannt. Und ich wollte nicht den Eindruck erwecken, als wären wir vertrauter miteinander, als wir es tatsächlich waren.

Zu Hause war er locker, süß, er flirtete mit mir, er

erzählte von seiner Familie, unterhielt mich mit Geschichten aus seiner Studentenzeit. Er war ein richtiger Kumpel, und ich gewöhnte mich an seine Anwesenheit, genoss es, nicht alleine zu sein.

Das einzige, was meine gute Laune trübte in den letzten Tagen, waren Lindas Spitzen hier und da gegen mich. Sie hatte wohl mehrfach versucht, Jonathan von sich zu überzeugen, hatte ihn auch einmal auf einen Drink zu sich nach Hause eingeladen. Doch diese Einladung hatte er sehr geschickt abgelehnt. Jede andere Frau hätte diesen Wink mit dem kleinen Zaunpfahl verstanden, nicht so Linda. Als ich vorhin zur Büroküche ging, lehnte sie ziemlich vertraulich an der Ecke seines Schreibtischs. Ich konnte nicht hören, was sie sagte, aber von Nate (Jonathan, ich muss ihn Jonathan nennen …) hörte ich ein ziemlich lautes „Linda, haben Sie im Moment nicht genug Arbeit, dass Sie Zeit finden, hier zu sitzen?".

Keine Minute später rauschte sie erhobenen Hauptes an mir vorbei in Richtung ihres Schreibtischs. Geschah der blöden Stute recht.

Auf dem Weg zurück – mit meinem wohlverdienten Kaffee in der Hand – rief mich Jonathan zu sich ins Büro.

„Sue, hättest du einen Moment für mich? Ich habe eine Bitte. Wir haben heute eine neue Bewerbung für die Stelle an der Rezeption bekommen, du weißt ja, dass die jetzige Kraft in einem Monat unser Büro verlässt. Ich möchte die Stelle gerne so lange besetzen, wie ich hier bin. Deshalb habe ich die Bewerberin für nächste Woche eingeladen und ich hätte neben Simon auch gerne dich bei dem Gespräch dabei."

Ich war etwas erstaunt. „Mich, wieso denn mich? Ich bin doch erst ein paar Monate hier im Laden, da gibt es doch bestimmt qualifiziertere Leute als mich!"

Während ich sprach, war er aufgestanden und hatte die Tür zu seinem Büro geschlossen.
„Ich will ehrlich zu dir sein, Sue, denn ich glaube, du verstehst, was ich meine – es wurden hier im Büro einige Entscheidungen getroffen, die ich nicht gutheißen kann. Linda zum Beispiel ist eigentlich untragbar, nicht nur, dass sie mich seit einer Woche ständig anbaggert, sie behandelt ein paar der Mitarbeiter echt mies und ich habe gehört, sie ist sogar verantwortlich für mindestens zwei freiwillige Kündigungen. Sie kann nicht gut mit Kritik und Konkurrenz umgehen. Sie wird über kurz oder lang den Betrieb verlassen, aber bis dahin brauche ich an der Rezeption jemanden, der ihr die Stirn bieten kann. Und da verlasse ich mich mit auf deine Menschenkenntnis – deshalb möchte ich dich dabei haben. Die Bewerberin heißt Lucca Thoma, sie ist in deinem Alter und wir haben mit ihr einen Termin für kommenden Mittwoch Abend nach Büroschluss ausgemacht. Wirst du dabei sein?"
Natürlich hatte ich zugesagt.

Nun war ich auf dem Weg nach Hause.
Das Wetter war schön und ich hoffte, dass ich noch ein oder zwei Stunden im Garten werkeln und mich dann mit einem Glas Rotwein in meine Hängematte legen konnte, bevor Nate (Jonathan, ich muss ihn Jonathan nennen …) zurück sein würde. Er hatte direkt nach dem Gespräch das Büro verlassen und mir eine Nachricht geschickt – natürlich hatte ich ihm nach unserem Gespräch am Dienstag meine Nummer gegeben - , dass er jetzt Schluss machen würde, weil er noch eine kleine Motorradtour machen wollte.

Doch als ich in meine Straße abbog, sah ich, dass wohl

weder aus der Gartenarbeit, noch aus dem Rotwein oder der Hängematte etwas werden würde. Auf der Treppe zu meiner Haustür saß Ela breit grinsend mit einer Flasche Sekt zu ihren Füßen. Also Picknickdecke und Sekt – auch ein toller Abend!
Ich stieg vom Rad und schloss meine beste Freundin in die Arme – Himmel, wie ich sie vermisste.
„Hallo, Süße, was treibt dich hier her?"
„Meine drei Männer haben mich zu Hause rausgeworfen, sie hätten was zu erledigen, ich solle schön spielen gehen. Sie haben mir die Flasche in die Hand gedrückt und mich zu dir geschickt. Keine Ahnung, was sie ausbrüten. Vielleicht hat es was mit dem Geburtstag der Zwillinge in zwei Wochen zu tun? Ich weiß es nicht. Dann wollte ich dir von meinem Vorstellungsgespräch vor zwei Tagen erzählen und auf jeden Fall wollte ich auch mal deinen Untermieter abchecken, und das vor Sonntag, wenn wir mit der ganzen Meute hier einfallen!"
„Der ist mit dem Motorrad unterwegs, keine Ahnung, wann er kommt. Aber wieso bist du nicht schon rein gegangen, du hast doch einen Schlüssel?!"
„Aber ich wohne nicht mehr hier, das hätte sich nicht richtig angefühlt!"
„Ela, du hast jedes Recht, diese Wohnung zu betreten, hier ist und bleibt ein Zuhause für dich, auch wenn du dir deinen Traumprinzen geangelt hast."
„Wer sich da wen geangelt hat, ist hier die Frage, wenn ich mich richtig erinnere, dann bin ich ihn einfach nicht mehr los geworden …!"
„Und darüber bist du sehr froh, oder?" Sie grinste übers ganze Gesicht, so locker, offen und frei hatte ich sie früher selten gesehen und allein deshalb liebte ich Sam auch. Er hatte es geschafft, Ela aus ihrem selbstgewählten Schneckenhaus herauszuholen!

„Und nun komm rein, damit wir diese Flasche killen können!"

Wir machten es uns auf der Picknickdecke im Garten bequem und genossen die Nachmittagssonne.
„Nun lass dir nicht alles aus der Nase ziehen, wie ist Jonathan so?"
„Großartig, wahnsinnig und ein totales Arschloch!"
„Wieso?"
„Ich habe neulich ein Gespräch mit angehört, das er wohl mit seiner Frau geführt hat, er hat sie 'Darling' und 'baby girl' genannt, er scheint auch Kinder zu haben und sobald wir hier sind, baggert er mich an. Im Büro hält er total professionell Abstand, wie es sich für einen Chef gehört, aber hier flirtet er ständig, kommt mir zu nahe …, und nicht nur das, er kocht mir morgens Kaffee, er räumt die Küche auf, er kocht für mich."
„Sue, das ist ja grausam – er räumt auf und kocht? Du solltest ihn rauswerfen, sowas geht doch gar nicht!"
Spielerisch schlug ich nach ihr. Natürlich wusste ich, dass ich maßlos übertrieb, aber ich mochte ihr gegenüber auch nicht zugeben, dass ich seine Aufmerksamkeit genoss und dass ich hin und her gerissen war wegen seines Verhaltens.
Ela merkte wohl, dass das Thema nicht das richtige war und wechselte es schnell.
Sie erzählte mir von ihrem Vorstellungsgespräch, Sam hatte ihre alten Arbeiten ungefragterweise einem Stoff- und Dekordesigner zugeschickt und der fand diese so gut, dass er Ela zu sich eingeladen hatte.
Ela hatte ihr Designstudium wegen der Schwangerschaft damals abbrechen müssen und nie wieder in diesem Bereich gearbeitet. Nun bot sich ihr eine neue Chance, in diesem Bereich doch Fuß zu fassen – noch eine Sache, für die ich Sam immer

dankbar sein würde.
Anschließend waren wir mitten in einer Diskussion um Protagonisten unserer Lieblingsbücher (Zsadist oder Rhage, Asher oder Nico ...), als wir durch eine Stimme von der Terrassentür her unterbrochen wurden.
„Here you are, hi, ich wollte was kochen, habt ihr Hunger? Du musst Ela sein, Sue hat mir schon viel von dir erzählt ..."
Jonathan kam auf uns zu und hielt Ela zur Begrüßung seine Hand hin.
„Ich bin Nate, nett dich kennen zu lernen!"
Ela stand auf und starrte ihn an, fast so als hätte sie einen Geist gesehen.
Sie öffnete den Mund, doch statt einer Begrüßung kam ein „Kennen wir uns?"
Jonathan sah sie ebenso verwirrt, fragend an. „Nein, ich bin zum ersten Mal in Deutschland."
„Ich dachte nur gerade, deine Augen ..., na, es war wohl nur der Akzent." Dann schüttelte sie den Kopf, als wollte sie irgendwelche Gedanken verscheuchen.
„Hi, ja, ich bin Ela, Sue hat mir auch schon vor dir erzählt. Aber sie spricht immer von Jonathan." Über die Schulter warf sie mir einen Blick zu und grinste mich an.
„Ich habe ihr schon oft gesagt, sie soll mich Nate nennen, so nennen mich meine Freunde, Jonathan nennen mich nur meine Mutter, wenn sie sauer ist und die Leute in der Firma."
„Okay, dann Nate – wie gefällt es dir in Deutschland?"
Sie hielten ein bisschen Smalltalk, bevor er in die Wohnung zurück ging, um mit dem Kochen anzufangen.
„Ela, was war das?"
„Keine Ahnung, aber als ich ihn sah, erinnerte er mich an Dylan, bestimmt nur der Akzent."

Sie starrte noch eine Weile zur Tür, durch die Nate (ok, ich gebe mich geschlagen, Nate …) gerade gegangen war.
Wieder schüttelte sie den Kopf, diesmal sicher, um die Erinnerung an ihren toten Exfreund, den Vater ihrer Zwillinge zu verdrängen.
„Wow – da hast du dir aber einen nett anzusehenden Mitbewohner angelacht."
Ich musste ihr wieder mal recht geben, in einer Lederhose, die nicht viel verbarg, einem Shirt mit abgeschnittenen Ärmeln, Stiefeln, dazu der Bart, die Haare offen. Diesmal hatte ich sogar ein Tattoo an seinem Oberarm erkennen können, es hatte ausgesehen wie ein Adler mit gespreizten Flügeln, in dessen Mitte ein Datum stand.

26. August 2016

- Nate -

Ela war zum Abendessen geblieben und wir drei hatten einen total entspannten Abend gehabt. Sue hatte so frei und offen gelacht wie noch nie. Himmel, das machte sie noch attraktiver, süßer, mädchenhafter als alles andere. Der Abend hatte mich so an früher erinnert, als meine Familie noch ganz war und unser Leben voller Lachen, so anders als jetzt...
Wieso war Sue aber in meiner Gegenwart sonst immer eher verschlossen und zurückhaltend?
Ich mochte sie, ich mochte ihre Art, die Dinge zu sehen, ein bisschen naiv, aber allem gegenüber aufgeschlossen.
Ich musste mir eingestehen, dass die ersten Gedanken, die ich bei ihr gehabt habe, falsch gewesen waren. Sie war keine Aufgabe, keine Herausforderung mehr für mich – oder doch, aber in einer ganz anderen Art. Ich wollte sie kennenlernen, ich hatte das Gefühl, als könnte sie meine Dämonen beruhigen, als könnte sie mein Gehirn dazu bringen, nicht immer zu denken, als könnte ihre Berührung mich dazu bringen, wieder zu fühlen.
Die letzten Jahre waren fürchterlich gewesen. Meine Familie war zerbrochen, jeder hatte seine eigenen Schuldgefühle, meine Eltern hatten sich fast getrennt und für meine Schwester July war eine Welt zusammengebrochen, nur deshalb hatte ich mich bereit erklärt, diese beschissene Aufgabe zu übernehmen.

Mein Handy brummte, wenn man vom Teufel sprach ...
„Hey, baby girl – I was just thinking of you."
„Are you okay, Nate? Have you heard anything?"

Ich beendete das Gespräch relativ schnell.
Was sollte ich ihr sagen?
Diese seltsame Email vor ein paar Wochen hat uns einerseits Hoffnung gegeben, andererseits aber auch alles wieder aufgewühlt.
Konnte man die Toten nicht einfach ruhen lassen?
Warum hatte Ela mich vorhin so angesehen – hat sie meinen Bruder gekannt?
Es war so lange her, früher hätte ich gesagt, dass wir uns ähnlich sehen, doch heute? Mit dem Bart und den langen Haare wohl doch nicht mehr.
Wieso diese Mail?
Sie war an die Firmenadresse meines Vater gegangen, sie enthielt vage Andeutungen, Fragen. Nichts Konkretes, nicht mal einen Namen und die Mailadresse hatte auch keine Informationen enthalten.
Im Grunde waren es ein Haufen Fragen gewesen, ob mein Vater einen Dylan McCabe kennen würde, der vor über acht Jahren in Deutschland studiert hätte, der bei einem Unfall am 6. März 2008 ums Leben gekommen sei. Wenn das so wäre, dann hätte man vielleicht Informationen, die für meinen Vater wichtig sein könnten. Nicht mehr. Unterschrieben war die Mail nur mit einem S. und der Bitte, sich zu melden, wenn die Tatsachen zutreffen würden, ansonsten bitte alles zu vergessen.

Mein Vater hatte sich geweigert, auf diese Mail zu antworten, obwohl meine Mutter und July ihn bekniet hatten. Er aber wollte sich nicht angreifbar machen. Deshalb hatte er mich gebeten, nach Deutschland zu fliegen, meinen Besuch zum einen zu nutzen, in unserer Tochterfirma nach dem Rechten zu sehen und irgendwie herauszufinden, was es mit der Mail auf sich hatte.

Unsere deutsche Außenstelle war nicht zufällig in dieser Stadt gegründet worden. Hier hatte mein großer Bruder ein halbes Jahr studiert.

Alles, was die Mail sagte, stimmte, Dylan hatte auf seinem Rückweg vom Flughafen einen Autounfall gehabt und war gestorben – alles nur, weil mein Vater gearbeitet hatte, meine Mutter ihre Tennisstunde nicht hatte ausfallen lassen wollen und ich mit meinen 22 Jahren ein bescheuerter Punk gewesen war, der keinen Bock gehabt hatte, seinen ein Jahr älteren Bruder vom Flughafen abzuholen, nachdem er ein halbes Jahr weg gewesen war. July war mit ihren 15 Jahren zu jung gewesen.

Dylan hatte so glücklich geklungen in seinen letzten Nachrichten, wie sehr er sich freuen würde, uns alle wieder zu sehen, er hätte super Neuigkeiten.

Er kam leider nie dazu, uns davon zu erzählen, denn sein Mietwagen war defekt gewesen, die Bremsen hatten versagt und er ist damals nie zu Hause angekommen.

Seit diesem Tag war mein Zuhause kein Heim mehr gewesen, denn wir alle machten uns Selbstvorwürfe, oder noch schlimmer, wir beschuldigten uns gegenseitig, dass wir Dylan nicht abgeholt hatten.

In den letzten Jahren war es weniger geworden, aber wir waren nie zu unserer früheren Beziehung zurück gekommen.

July war seit diesem Tag auch eine andere, Dylan und sie hatten immer einen besonderen Draht zueinander gehabt, es war, als würde ein Stück von ihr fehlen.

Und so stand ich nun hier, unter falschem Namen – falls die Mail von irgendeinem Idioten aus der Firma gekommen war. Wer weiß, ob sich hier nicht jemand ein krankes Spiel mit uns erlaubte.

Die Agentur hieß „Mc & M" aus einem guten Grund, mein Vater hatte sie mit dem Bruder meiner Mutter zusammen gegründet: McCabe und Miller.

In Bezug auf die Mail war ich kein Stück weitergekommen, aber dafür hatte ich Sue kennengelernt und wenn ich nicht aufpassen würde, dann würde ein Stück von mir bei ihr zurückbleiben, wenn ich wieder in die Staaten fliegen musste.

Mich erwartete dort nichts außer meiner Familie, keine Frau, kaum Freunde.

Seit Dylans Unfall hatte ich mich ziemlich zurückgezogen, gut, zugegebenermaßen hatte ich an das erste Jahr relativ wenige Erinnerungen, denn ich lebte nur für den Rausch und für Partys, ich hatte alles getan, um zu vergessen.

Das endete dann damit, dass ich mit July im Auto angetrunken einen Unfall gebaut hatte – allein der Blick in Julys Augen und ihr tränenüberströmtes Gesicht, als sie mich fragte, ob ich uns beide auch noch töten wollte, ließen mich damals aufwachen und mein Leben neu überdenken.

Seitdem war ich der beste Bruder, den sie haben konnte – aber ich war nicht Dylan, dem flog immer alles zu, inklusive der Herzen der Menschen. Er hatte immer leicht neue Kontakte geknüpft, er war charmant und lebensfroh, immer freundlich, er war der Sonnenschein unserer Familie gewesen. Mit ihm war ein Teil der Sonne aus unserem Leben verschwunden. Deshalb war es meine verdammte Pflicht herauszufinden, was diese beschissene Mail bedeuten sollte.

Dann würde ich vielleicht auch Ruhe finden und wäre in der Lage, mein Leben in den Griff zu bekommen und mir wieder erlauben zu können, etwas zu fühlen!

27. August 2016

- Nate -

Ich hatte in der letzten Nacht kaum ein Auge zugemacht. Und ich sah dementsprechend scheiße aus – blutunterlaufene Augen, mein Bart war ungepflegt – an Tagen wie diesen würde ich ihn gerne abrasieren, aber dann erinnerte mich jeder Blick in den Spiegel an Dylan und das konnte ich nun wirklich nicht gebrauchen.
Ich stand an die Arbeitsplatte gelehnt in der Küche, hatte meinen Kaffee in der Hand und starrte vor mich hin, als Sue mich aus meinen Gedanken riss.
„Sorry, guten Morgen, kannst du mal ein Stück rutschen, damit ich an die Schublade ran komme?", und mit einem Blick in mein Gesicht fragte sie mich: „Keine gute Nacht gehabt?"
Plötzlich fühlte ich mich so verdammt alleine, einsam. Ich sah ihr direkt in die Augen. „Sue, darf ich dich mal in den Arm nehmen, einfach nur halten? Ich brauch das jetzt irgendwie."
Sie sah mich etwas erstaunt an, ließ mich sie aber dann doch an mich ziehen.
Zuerst war es ein wenig komisch, sie hielt sich zurück, versteifte sich, aber nach kurzer Zeit schien sie sich wohl genug zu fühlen, um sich an mich zu lehnen. Ich atmete ihren Duft tief ein und zog sie näher an mich heran, während sie sanft über meinen Rücken streichelte.
„Ich versteh das, du vermisst deine Familie bestimmt,

oder?", fragte sie leise.
Nun war ich derjenige, der sich versteifte. Was wusste sie von meiner Familie? Ich schob sie etwas von mir weg, um ihr in die Augen sehen zu können.
„Wie kommst du da drauf?"
„Na, deine Frau und deine Kinder müssen dir doch fehlen, wenn du so lange von ihnen getrennt bist, du bist ja schon fast eine Woche hier." Die Unterhaltung schien ihr unangenehm, sie trat einen Schritt zurück, weg von mir. Etwas, was ich so gar nicht wollte. Außerdem sah sie zu Boden, wich meinem Blick aus. Ich legte meine Finger unter ihr Kinn, hob ihr Gesicht, bis sie mir wieder in die Augen schaute, diese Augen!
„Ich habe keine Frau, keine Kinder, keine Freundin …"
„Aber ich habe gehört, wie du neulich telefoniert hast, du hast jemanden Darling und Baby Girl genannt, du hast gesagt, sie solle ihnen ausrichten, dass du sie liebst?"
Man merkte, dass sie lieber gar nichts gesagt hätte, dass sie sich in dieser Situation unwohl fühlte. Sie errötete auch wieder.
Himmel, war diese Frau süß.
Ich senkte mein Gesicht näher an ihres.
„Keine Frau, keine Kinder – das war meine kleine Schwester July und sie sollte das unseren Eltern ausrichten."
Sie schluckte, ihr Blick wanderte von meinen Augen zu meinem Mund und wieder zurück.
„Keine Frau, keine Kinder?", diesmal klang ihre Stimme fast so, als müsse sie ein Lachen unterdrücken.
Sie trat wieder einen Schritt vor, legte ihren Kopf an meine Schulter, ließ mich sie wieder halten und wiederholte noch mal leise „keine Frau, keine Kinder", so leise, dass ich sie fast nicht verstehen konnte.
Ich weiß nicht, wie lange wir so in der Küche standen,

einfach nur die Nähe des anderen genießend. Aber es fühlte sich gut an, sehr gut sogar.

Wir wurden vom Klingeln des Telefons unterbrochen und scheinbar nur widerwillig beendete Sue unsere Umarmung, entschuldigend trat sie zurück und lächelte mich schüchtern an. Ich nutzte die Gelegenheit, ihr einen schnellen Kuss auf die Schläfe zu drücken, was sie mit einem ungläubigen, fragenden Blick kommentierte und die Küche verließ.

Ich sah aus dem Fenster – hatte die Sonne eben auch schon so hell geschienen oder kam mir das nur so vor? Ich goss Sue einen Kaffee ein, ein Süßstoff und genug Milch, um ihn hellbraun zu färben und trug ihn ihr ins Wohnzimmer hinterher.

„Ja, Mama, ich hab heute Zeit." Sie nahm den Kaffee mit einem dankbaren Blick und einem leichten Kopfnicken entgegen.

„Nein, Mama, du musst Papa nicht töten, er ist ein Mann, er wird sich nicht ändern, aber ich kann das mit dir erledigen. Du bist fast 30 Jahre verheiratet, du kennst ihn."

Mittlerweile verdrehte sie die Augen und ich musste lachen, die ganze Situation war so durch und durch normal, häuslich, perfekt.

„Ja, wir können auch zusammen Mittagessen - gut, du holst mich ab, ja, in 30 Minuten, ich bin dann bereit. Ja, bis gleich. Gib Papa einen Kuss von mir und wünsch ihm einen schönen Tag!"

Nachdem sie aufgelegt hatte, nahm sie einen großen Schluck aus ihrer Tasse und sah mich mit lachenden Augen an.

„'tschuldigung, meine Eltern. Mein Vater hatte meiner Mutter versprochen, heute mit ihr shoppen zu gehen, doch nun will er lieber mit einem Freund zu dessen

Segelboot. Weißt du, irgendwann will ich genau die Probleme, die die beiden haben. Ist das blöde von mir?"
Ich konnte nicht widerstehen und nahm sie wieder in den Arm.
„Das ist kein bisschen blöde, ich glaube, im Grunde wünschen wir uns alle eine langjährige Beziehung, die auf Vertrauen, Liebe und Respekt aufgebaut ist, oder? Eine Beziehung, in der man den anderen manchmal umbringen könnte und trotzdem weiß, dass man geliebt wird. Und nun geh dich umziehen, sonst bist du in einer halben Stunde nicht fertig!"
Bevor ich sie losließ, erlaubte ich mir noch einen sanften Kuss auf ihre Stirn, was mir wieder einen fragenden Blick von ihr einhandelte.
„Was wirst du heute machen?"
„Ich weiß noch nicht, mal schauen, Sport, ein paar Akten durchsehen und auf dich warten."
Ich konnte es nicht lassen, ich sah ihr direkt in die Augen und zwinkerte ihr zu.
Sie ging in Richtung ihres Zimmers, drehte sich noch mal zu mir um und sagte: „Okay, dann bis später … Nate!"
Dann drehte sie sich um.
Nie hatte es sich besser angefühlt, wenn jemand meinen Spitznamen benutzt hatte!

- Sue -

Der Tag mit meiner Mutter war anstrengend gewesen. Natürlich liebte ich sie, aber sie hatte eine Art, die mich auf Dauer wirklich stresste. Sie neigte dazu, sich in fremde Gespräche einzuschalten, sie kommentierte Dinge, die sie nichts angingen und sie wusste alles besser. Ich konnte mir gut vorstellen, warum mein Vater einen Tag am See mit seinem Freund vorzog. Shoppen mit ihr war wirklich nicht einfach.
Aber das tat meiner guten Laune keinen Abbruch.
Sobald meine Mutter nicht auf mich einredete oder sich mit anderem beschäftigte, wanderten meine Gedanken zu dem heutigen Morgen.
Es hatte sich so gut angefühlt, in Nates Armen zu sein, ich hatte mich rundum wohl und sicher gefühlt. Als er mir erzählte, dass er keine Frau und keine Kinder hatte, spürte ich einen kleinen Funken Hoffnung, ein durch und durch schönes Gefühl. Er würde zwar immer noch zurück in die Staaten gehen, aber wenigstens lief ich nicht mehr Gefahr, eine Ehebrecherin zu sein, sollte es zwischen uns zu mehr kommen in den folgenden Wochen.
Nun waren wir endlich fertig, auf dem Heimweg hatte ich meine Mutter noch dazu überreden können, schnell beim Supermarkt anzuhalten. Denn wenn Ela morgen mit ihren Jungs hier auftauchen würde, dann brauchte ich noch eine Menge ungesunder Frühstückszutaten.
Diese Sachen hatte ich nie gemocht, aber was tat ich nicht alles für Tom und Noah?
Ich kannte die Zwillinge, seit sie ein Jahr alt waren und nun würden sie nächsten Sonntag schon 8 Jahre alt. Es würde eine riesige Feier geben, die erste richtig große, die sie jemals hatten, denn bisher hatte Ela immer das

Geld gefehlt, ihnen diesen Wunsch zu erfüllen.
Ich freute mich schon auf diese Feier, denn der Freundeskreis war so bunt gemischt, wie man ihn sonst nur aus Soaps kennt: meine Eltern waren genauso eingeladen wie David und Michael, die beiden Patenonkel von Tom und Noah, ihres Zeichens seit zehn Jahren ein Paar und die angesagtesten Tätowierer hier in der Gegend. Wie sich herausgestellt hat, war Michael auch der große Bruder von Elas Sam, das kam aber erst durch einen Zufall ans Licht. Außerdem war Elas Chefin aus dem Bistro, in dem sie arbeitete, eingeladen. Dann ein paar Arbeitskolleginnen, außerdem natürlich ich, vielleicht sollte ich fragen, ob ich Nate mitbringen darf? Wenn er Lust hatte …

Als meine Mutter mich vor meiner Haustür absetzte, hatte ich Schmetterlinge im Bauch und fühlte mich wie ein Teenager. Ich hatte – zum Glück – noch keine Zeit gefunden, meinen Eltern von meinem neuen Mitbewohner zu erzählen, sonst hätte meine Mutter mich mit Sicherheit nicht vor der Tür rausgelassen, sondern hätte darauf bestanden, mit reinzukommen, um ihn kennenzulernen.

Ich schloss die Wohnungstür auf – ich hörte nichts, vielleicht war er ja mit dem Motorrad unterwegs? In der Küche räumte ich die wenigen Vorräte weg, die ich besorgt hatte, denn Nate hatte dafür gesorgt, dass die meisten Sachen da waren. Es hatten nur so wichtige Dinge gefehlt wie Strohhalme gefüllt mit Schokoperlen, so dass die Milch, die man durch den Strohhalm zog, Kakaogeschmack bekam. Ein „must have", wenn man Siebenjährigen glaubte! Außerdem Schokostreusel mit Zartbittergeschmack und ein ganzer Ring Fleischwurst.

Nun war ich hoffentlich gewappnet für den Besuch der Zwerge!

Ich kochte mir einen Tee und wollte mich mit meinem Buch auf meine Terrasse verkriechen, als ich feststellte, dass die Terrassentür nur angelehnt war. Also war Nate draußen.

Ich stieß die Tür auf und trat auf meine kleine Terrasse – ich sah ihn nur von hinten, aber das reichte mir, um die Luft anzuhalten. Er trug nur eine seiner heißgeliebten Sweatpants, die ziemlich tief auf seinen Hüften saßen, ansonsten war er nackt, kein Shirt und da er mich noch nicht bemerkt hatte, hatte ich die Gelegenheit, seinen ziemlich muskulösen Rücken zu betrachten (wie konnte man nur so viele Muskeln am Rücken haben? Ich hatte die bestimmt nicht!).

Außer dem Adlertattoo an der Schulter hatte er noch zwei weitere Tattoos, soweit ich sehen konnte. Eine stilisierte Sonne zwischen den Schulterblättern und einen scheinbar lateinischen Spruch knapp oberhalb seines linken Hüftknochens. Um den entziffern zu können, hätte ich näher heran gemusst, doch das wollte ich dann doch nicht.

Gut, eigentlich wollte ich es schon, ich traute mich aber nicht!

Also tat ich so, als wäre ich gerade erst angekommen.

„Hi, hier bist du, was machst du?"

Er drehte sich um und schenkte mir ein Lächeln, das mir durch und durch ging. Mein ganzer Körper schien auf ihn zu reagieren!

„Hi beautiful! Wie war dein Tag? Ich wollte versuchen, deinen Grill in Gang zu bringen, dann könnte ich uns heute Abend was grillen, was meinst du?"

Mit diesen Worten kam er auf mich zu, zog mich in seine Arme und küsste mich sanft auf den Mundwinkel.

Oh Gott, wie waren wir von „ich geh ihm aus dem

Weg" zu „er begrüßt mich mit einem Kuss" gekommen? Nicht, dass ich das nicht genoss, aber es war so gar nicht mein Plan.

„Nate, ich weiß nicht, ob ich das hier kann, du bist immer noch mein Boss und du fliegst immer noch bald nach Hause."

„Sue, ich weiß nicht, was ich sagen soll. Soll ich es lassen? Es würde mir schwer fallen, aber wenn du es nicht willst, dann höre ich auf."

Ich ließ meine Stirn gegen seine nackte Brust sinken und legte ihm die Hände an die Hüften – auch hier ohne eine Stoffbarriere. Es fühlte sich gut und richtig an, dieser Mann zog mich an, wie lange keiner oder wie noch nie ein Mann vorher? Er schien meine Unsicherheit, meine Verwirrung zu verstehen. Er legte seine Hände auf meine Schultern und massierte mich kurz. Dann schob er mich von sich weg.

„We'll figure it out, wir werden herausfinden, was es ist, ok? Nun lass uns was zu essen vorbereiten!"

Der Rest des Abends verlief absolut harmonisch, Nate kümmerte sich um das Essen („Frau, wie hast du bisher überlebt? Your cooking sucks!" - er fiel seit heute Morgen immer öfter in seine Muttersprache, scheinbar ein Zeichen dafür, dass er sich wohl fühlte oder lockerer wurde, denn bisher hatte ich ihn außer am Telefon noch nicht Englisch reden hören. Aber es war unheimlich sexy!).

Während er den Grill fachmännisch anfeuerte und dann verkündete, dass es noch mindestens eine Stunde dauern würde, bis die Kohle die richtige Temperatur haben würde, zog ich mich um und begann, mein Vorhaben von gestern in die Tat umzusetzen. In abgeschnittener Jeans, Top und mit lockerem Pferdeschwanz machte ich mich über mein Blumenbeet

her.
Nachdem seine Hilfe darin gipfelte, dass er meine Narzissenzwiebeln ausbuddelte und wegwerfen wollte, weil die so „wrinkled" - wir mussten es googlen: verschrumpelt – aussahen, erteilte ich meinerseits Gartenverbot für ihn.
Er akzeptierte es und verzog sich, aber nur, um nach einer Minute mit einem Glas Rotwein für mich und einem Bier für sich wieder raus zu kommen und sich neben mich zu setzen.

Nach dem Essen, das wir in absoluter Harmonie auf der Terrasse aßen, blieben wir noch lange sitzen und redeten. Es waren belanglose Dinge, Musik, Filme, Bücher, die unterschiedlichen Bildungssysteme in unseren Ländern.
Themen wie Familie, Beziehungen, das Ende seines Aufenthalts hier sparten wir beide aus. Ich wusste, dass diese Fragen irgendwann angesprochen werden mussten, aber im Moment wollte ich seine Nähe und Aufmerksamkeit einfach nur genießen.

Als ich gegen 22.30 Uhr dann immer wieder gähnen musste, nahm Nate meine Hand, drückte sie und meinte: „Ab ins Bett, Darling, ich räum hier noch auf und geh dann auch. Schlaf schön und träum von mir!"
Er zog mich hoch in seine Arme, gab mir einen sanften Kuss auf die Stirn und schob mich in Richtung Tür. Ich drehte mich noch mal zu ihm um.
„Nate, …", ich wusste nicht, was ich sagen sollte. Der Abend war so schön, ruhig, entspannt gewesen, ich hatte noch nie einen solchen Abend mit einem Mann gehabt. Ich hatte mich absolut verstanden, angenommen gefühlt, ich hatte nicht das Gefühl, dass ich mich verstellen musste.

Oft hatte man als Frau ja das Gefühl, sich immer von der besten Seite zeigen zu müssen, um bei einem Mann einen guten Eindruck zu machen. Normalerweise konnte frau nicht „sie selber" sein, sondern hatte sich an ungeschriebene Regeln zu halten, zum Beispiel wenig essen, nicht zu laut lachen, überwiegend zuhören, wenig trinken und sich insgesamt „damenhaft" benehmen.

Mit Nate aber war es wie mit der besten Freundin – so sein, wie man ist und sich gut dabei fühlen. Wobei Nate eine ziemlich attraktive beste Freundin abgab, ich hätte nie gedacht, dass ich Bart und lange Haare so anziehend finden würde.

Nate lächelte mich ein bisschen traurig an, nickte und meinte nur: „Ich weiß, geh ins Bett, morgen ist auch noch ein Tag. Wir werden heute nicht alle Fragen klären und alles verstehen. Danke für den wunderschönen Abend!"

Oh Gott, wieso hatte dieser Kerl so eine Art, Dinge zu sagen, die einerseits völlig aus dem Zusammenhang gerissen und sinnlos waren und andererseits gleichzeitig so viel Sinn machten?

- Nate -

Ich hatte Sue ins Bett geschickt, am liebsten hätte ich mich auch gleich dazu gelegt, diese Frau hatte so eine Art, die mich wirklich anzog.
Dummerweise hatte das schon seit einigen Tagen nichts mehr mit One Night Stand oder Herausforderung zu tun, was ich für sie empfand. Ich fühlte mich so wohl in ihrer Nähe, völlig ruhig, als würden meine inneren Dämonen schweigen, wenn ich mit ihr zusammen war. Wie würde sie wohl reagieren, wenn sie wüsste, dass ich aus purem Egoismus mit Schuld war am Tod meines Bruders?
Heute Abend, als wir so vertraut auf ihrer kleinen Terrasse gesessen hatten, war ich kurz davor, ihr davon zu erzählen. Aber die Angst vor ihrer Reaktion hatte mich zurück gehalten. Ich hätte nicht damit leben können, wenn unsere Harmonie durch meine Geschichte zerstört worden wäre. Nur einmal hatte ich ihr gegenüber überhaupt erwähnt, dass ich einen Bruder hatte, sonst hielt ich ihn aus meinen Erzählungen heraus. Ich hatte ihr auch noch nicht vom eigentlichen Grund erzählt, aus dem ich nach Deutschland gekommen war. Für sie war es eine rein berufliche Sache und sollte es auch bleiben.
Sie war viel zu jung, um meinen Bruder gekannt zu haben, kaum 18, als er hier gelebt hat. Also brauchte ich sie nicht mit meiner Geschichte zu belasten.
Beruflich lief es bestens – sie machte einen tollen Job, unser Projekt kam gut voran und gewann enorm durch ihre Art mit dem Kunden umzugehen und Ideen zu visualisieren.
Gebremst wurden wir eigentlich nur durch diesen

Niklas, der eindeutig einer von der ganz alten Schule war und uns mit Sicherheit als Kontrolle an die Seite gesetzt worden war.

Was mit Sue auch wunderbar funktionierte, war, das Büro im Büro zu lassen, zwar verbrachten wir die meisten Abende gemeinsam, aber die Arbeit war hier nie ein Thema. Dafür konnte ich mit ihr über alles andere reden. Obwohl sie vier Jahre jünger war und auf einem anderen Kontinent groß geworden war, ähnelte sich unser Geschmack, was Filme und Musik anging. Sie schob das auf ihre beiden älteren Brüder, die etwa in meinem Alter waren und denen sie als Kind viel hinterhergelaufen war, wie sie immer wieder betonte.

Ich hatte in den letzten Tagen ein so harmonisches Miteinander mit ihr kennengelernt, wie noch mit keiner anderen Frau vorher. Nicht, dass ich auf nennenswerte Beziehungen zurückgucken konnte.

Damals, als Dylan ums Leben gekommen war, hatte ich noch meine High School Liebe, wir waren schon ein paar Jahre zusammen gewesen, aber sie kam mit meinen Schuldgefühlen nicht klar. Außerdem hatte sie mir, als sie mit mir Schluss gemacht hatte, an den Kopf geworfen, dass sie nicht damit klar käme, dass mein Egoismus meinen Bruder getötet hätte. Mit einem solchen Mann könne sie nie zusammen leben.

Kurz darauf hatte sie einen Neuen, den sie auch überstürzt geheiratet hatte – wenige Monate danach kam ihr erstes Kind zur Welt, das letzte, was ich von ihr gehört hatte, war, dass er sie mit drei Kindern hatte sitzen lassen, um sich was Ungebundeneres zu suchen. Soviel zum Thema Egoismus – Karma is a bitch!

Ich hatte mich oft gefragt, ob sie mich vor meiner eigenen Entwicklung hätte retten können. Wäre ich nicht so abgestürzt, wenn ich sie gehabt hätte? Hätte sie mich vor meinen Depressionen, vor dem Alkohol

und den Selbstvorwürfen retten können?
In der ersten Zeit nach Dylans Tod war ich völlig außer Kontrolle gewesen, die Frauen, mit denen ich geschlafen hatte, konnte ich nicht zählen. Wollte ich auch nicht, ich war nur froh, dass ich in meinem bescheuerten Rausch weder eine Frau geschwängert noch mir irgendeine Krankheit eingefangen hatte. Denn verantwortungsbewusst war ich damals nicht gewesen!
Seit dem Unfall mit July im Auto und deren Reaktion hatte ich die Finger von Drogen, Alkohol und Frauen gelassen. Ich hatte in den letzten sechs Jahren mit genau zwei Frauen geschlafen, beides waren eher harmlose kurze Affären, kein Herz involviert, weder von deren und schon gar nicht von meiner Seite aus!
Ich musste lachen.
Im Moment hatte ich nach wenigen Stunden mit Sue ihr gegenüber mehr Gefühle, als ich für diese beiden anderen Frauen jemals empfunden hatte. Und – das fiel mir jetzt auf – ich wusste auch mehr von Sue und wollte auch noch immer mehr von ihr wissen.

Morgen würde ich erstmal Ela und ihre Familie kennenlernen. Viel wusste ich nicht über sie, nur, dass Sam wohl nicht der Vater der Zwillinge war. Als ich aus reiner Neugier nachfragte, hatte Sue nur den Kopf geschüttelt und mir geantwortet, dass das Elas Geschichte sei. Sie hätte die drei später kennengelernt. Wenn ich darüber mehr wissen wollte, müsste ich Ela selber fragen.
Das hatte mir wieder einmal gezeigt, wie sehr meine Sue (ups – meine Sue?? Wo kam der Gedanke nun her?) sich von Frauen wie Linda unterschied. Die hätte die Gelegenheit nicht ausgelassen, mir groß und breit von den Problemen ihrer Freundin zu erzählen, einfach nur, weil sie etwas wusste. Aber die Loyalität, die Sue

zeigte, machte sie für mich nur noch süßer, liebenswerter, anziehender, attraktiver.
I was falling for her, more and more.
Sie wurde immer wichtiger für mich, ich war auf dem besten Wege, Gefühle zu entwickeln, die ich mir nicht erlauben konnte. Sie hatte recht, wenn sie sagte, dass ich immer noch ihr Boss sei und immer noch zurück in die Staaten musste.
Meine Eltern und meine Schwester waren da, und auch, wenn die letzten Jahre hart für uns gewesen waren, sie hatten mir doch gezeigt, dass die Familie eines der wichtigsten Dinge in meinem Leben ist. Wenn sie mich nun auch noch verlieren würden, wenn ich, warum auch immer, nicht zu ihnen zurück käme – ich glaube, daran würden sie zerbrechen!

28. August 2016

- Nate -

Ich war auf dem Weg zur Küche, um Sue ihren ersten Kaffee des Tages zu kochen – ohne kam diese Frau wirklich nicht in die Gänge. Ich lachte in mich hinein, als mir klar wurde, dass ich nach noch nicht mal drei Wochen besser über Sues Ess- und Trinkgewohnheiten Bescheid wusste als ich jemals über jemand anderen Bescheid gewusst habe. Es hatte mich aber bisher auch noch nie interessiert. Ich hatte noch nie das Bedürfnis verspürt, einer Frau ohne Grund eine Freude zu bereiten. Nun kannte ich nicht nur Sues Lieblingschipssorte, nein, auch ihre Eisvorlieben, Brotleidenschaft (was hatten die Deutschen überhaupt nur mit ihrem Brot? Wer hatte je so viele verschiedene Brotsorten gesehen?) und den Wein ihrer Wahl kannte ich.
Das war auch etwas, was mich an dieser Frau faszinierte, sie konnte sich denken, dass ich über nicht wenig Geld verfügte, trotzdem stellte sie keine höheren Ansprüche, sie verschenkte ihre Freundschaft und Freundlichkeit, ganz ohne etwas dafür zu erwarten. Sie legte kaum Wert auf teure Dinge, fuhr kein Auto, ich durfte sie nur selten mitnehmen. Dafür strahlten ihre Augen, wenn sie sah, dass ich ihre Kaffeetasse gespült hatte oder wenn ihr Chipsvorrat aufgestockt war.
Ich dachte gerade darüber nach, was wohl meine Mutter denken würde, wenn sie von meinen überaus „hausmännischen" Gedanken wüsste, als ich Sue aus ihrem Zimmer kommen hörte. Sie telefonierte ganz

offensichtlich.

„Nein, Ela, alles gut, mach dir keinen Kopf, ich kann das gut verstehen, nein, ich bin nicht sauer, ja, ein bisschen enttäuscht, ich hab mich wirklich auf den Brunch mit euch gefreut. Nein, wirklich, wir verschieben das und holen es nach dem Geburtstag der Jungs nach. Ja, gib Sam und Noah einen Kuss von mir – Tom vielleicht besser nicht! Ja, gute Besserung, ich hab euch lieb! Tschüss!"

Nun stand sie vor mir in der Küche – sie sah zum Anknabbern aus: ihre wunderschönen Haare hingen wirr um ihren Kopf, auf der einen Seite etwas platt gelegen, ihr Gesicht war vom Schlaf ein bisschen gerötet, die Augen waren noch nicht ganz wach. Aber die Krönung waren das T-Shirt, das ihr über die linke Schulter hing und ziemlich viel Haut zeigte, und die Short, die mir einen Blick auf ihre langen, schlanken Beine gewährte. Dazu das schmale Fußkettchen und die in dunklem Rot lackierten Fußnägel – die einen solchen Kontrast zu ihren kurzen, farblosen, eher vernachlässigten Fingernägeln bildeten.

Und ich sah etwas, was ich bei ihr irgendwie nicht erwartet hatte – am linken inneren Oberschenkel, ziiiiiiemlich weit oben, so dass es zum Teil noch von der Short verdeckt wurde, entdeckte ich ein Tattoo – eine Rose, nur in grau und schwarz, die Dornen zu Noten stilisiert. Eine wirklich gute Arbeit, soweit ich das beurteilen konnte.

Ich hätte stundenlang hier stehen und sie anschauen können – was sagte das über mich und meinen Zustand aus?

Als mein Blick wieder zu ihrem Gesicht zurückfand, sah ich, dass sie alles andere als glücklich aussah – sie schien auch so in ihren Gedanken gefangen zu sein,

dass sie meine Musterung gar nicht mitbekommen zu haben schien, vielleicht auch besser so.
Ich kannte sie, Gott, ich konnte manchmal in ihrem Gesicht lesen wie in einem Buch.
Mittlerweile war der Kaffee fertig und ich drückte ihn ihr mit der perfekten Menge an Milch und einem Süßstoff in die Hand und einen Kuss auf die Wange.
„What's up, Darling?"
„Danke – das war Ela, Tom hat sich wohl einen Magen-Darm-Infekt eingehandelt, er hat sich die halbe Nacht erbrochen, keiner der vier hat wirklich geschlafen und die Waschmaschine ist schon zweimal gelaufen. Sie haben gerade abgesagt. Sie werden heute nicht zum Frühstück kommen, schade. Ich hatte mich so auf ihren Besuch gefreut. Aber ich kann auch verstehen, dass sie so nicht mit ihm unterwegs sein wollen und alle anstecken."
„Okay, dann zieh dich an, am besten Jeans und T-Shirt, bequeme Schuhe … und mach dir einen Zopf."
„Warum?"
„Wir machen einen Ausflug!"
„Wie, wir machen einen Ausflug?"
„Verbring den Tag mit mir, Sue, bitte. Ich möchte mit dir den Tag verbringen …?"
Ich beobachtete, wie die leichte Schlafröte sich vertiefte und nun auch über ihren Hals und die nackte Schulter weiter zog.
Sie schluckte sichtbar, drückte mir dann aber ihre mittlerweile leere Tasse in die Hand, nickte und verschwand im Bad.

Wie immer spülte ich Sues Tasse und stellte sie zum Trocknen auf die Ablage, bevor ich auch kurz in mein Zimmer verschwand. Dort öffnete ich meinen Schrank und holte die Lederjacke und den Helm heraus, die ich

für sie besorgt hatte. Ich schmunzelte bei dem Gedanken, dass sie mit Sicherheit gleich anfangen würde, sich zu beschweren. Sie war nicht besonders gut darin, Geschenke zu akzeptieren. Aber ohne diese Schutzmaßnahmen konnte ich sie nicht mit dem Motorrad mitnehmen und genau das hatte ich vor.
Nur sie und ich, die Straße und die Nähe, die die Fahrt unweigerlich mit sich bringen würde, davon hatte ich geträumt. Schade, dass die Gelegenheit sich jetzt nur deshalb bot, weil ihre Freunde keine Zeit für sie hatten. Sie war echt traurig gewesen, dass Ela nun nicht kommen konnte. Bestimmt wäre eine Ablenkung da genau das richtige!

Wieder einmal zeigte mir Sue, dass sie anders war, als die Weiber im Büro - keine 20 Minuten später war sie geduscht und angezogen. Sie hatte ein wenig Schminke aufgelegt, etwas Kajal und Lippgloss, das war's, aber es ließ sie noch attraktiver, natürlicher, anziehender wirken und vor allem zogen mich ihre Lippen jetzt noch mehr an als vorher. Wie gerne wüsste ich, wie sie schmeckte, egal ob mit oder ohne Lippgloss. Aber das würde noch warten müssen, keine Ahnung wie lange, aber ich war mir sicher, dass es passieren würde.

„So, was hast du mit mir vor?", unterbrach sie meine Gedanken.
Wenn sie wüsste, was ich tatsächlich mit ihr vor hatte, wäre sie bestimmt davon gelaufen. Sie schien wohl zu begreifen, dass ihre Frage durchaus falsch verstanden werden konnte und es breitete sich wieder diese verführerische Röte über ihr Gesicht, ihren Hals und tiefer ….
Bevor die Situation unangenehm für sie werden konnte, hielt ich ihr grinsend Helm und Jacke hin:

„Wir machen eine kleine Tour, ich hab die Gegend in den letzten Tagen alleine erkundet, jetzt würde ich dich gerne mitnehmen."

„Woher hast du diese Sachen? Ich hoffe, du hast sie nicht für mich gekauft, ich will das nicht, ich kann das nicht annehmen!"

„Sue, sieh mich an und sprich mir nach: Danke, Nate, das ist total lieb von dir, dass du so an mich denkst. Ich freue mich auf unseren Ausflug!"

Bei diesen Worten legte ich ihr die Finger unters Kinn und hob ihren Kopf, so dass sie mir in die Augen sehen musste und ihr Mund dem meinen verdammt nahe kam. Ich senkte meinen Kopf immer tiefer, so dass unsere Gesichter nur Millimeter voneinander entfernt waren.

Sues Atem ging schneller, ich konnte ihn auf meinem Mund spüren und der Drang, den kleinen Abstand noch mehr zu verringern, wurde immer größer, nur noch ein kleines Stück …

„Danke Nate, das ist total lieb von dir …, können wir dann los?", fragte Sue flüsternd und zog ihren Kopf zurück.

Oh Gott, diese Frau hatte durchaus das Potenzial, mich in die Knie zu zwingen. Hatte ich sie tatsächlich am ersten Tag für eine Herausforderung, für eine Aufgabe gehalten? So langsam bekam ich das Gefühl, dass ich mich ganz schön geschnitten hatte. Diese Frau war auf dem allerbesten Wege mehr zu werden, viel mehr.

Sie entzog sich mir nicht, um sich attraktiver zu machen oder um zu spielen, nein, sie wollte diese Distanz tatsächlich. Aber je mehr sie mir zeigte, dass sie trotz der unübersehbaren Anziehung, in der Lage war, mir zu widerstehen, desto mehr vertieften sich meine Gefühle für sie.

„Nate – wollen wir dann los?", riss sie mich aus meinen Gedanken.

Ich ließ ihr den Vortritt und gemeinsam verließen wir die Wohnung und gingen zu meinem Motorrad.
„Bist du schon mal gefahren?", wollte ich wissen.
„Ja, ich habe sogar einen Führerschein, aber ich bin lange nicht selber gefahren. Meine Brüder hatten Maschinen, darauf durfte ich mitfahren und selber fahren, aber in den letzten Jahren eher selten. Außer ab und zu mit David …"
„David?", in mir regte sich ein seltsames, mir unbekanntes Gefühl vom Eifersucht. Sie hatte mir von einem Exfreund namens Markus erzählt und auch von ein paar anderen, einen David hatte sie noch nie erwähnt.
„Du musst ihn mal kennenlernen, er ist echt super cool und nett, er leitet das hiesige Tattoostudio zusammen mit seinem Freund."
Der letzte Teil des Satzes ließ mich die Luft, die ich scheinbar angehalten hatte, wieder ausatmen. 'Zusammen mit seinem Freund' klang prima in meinen Ohren, wenn man es mit 'super cool und nett, Motorrad und Tattoostudio' zusammen in einem Satz hörte. Vor allem, wenn es von der Frau kam, die einen um den Verstand brachte und die man für sich haben wollte!
„Hat er dir auch dein Tattoo verpasst?"
„Woher weißt du …", sie wurde schon wieder rot, denn nun fiel ihr wohl ein, wo ihr eigenes Tattoo saß und bei welcher Gelegenheit ich es hatte sehen können.
Etwas unsicher und verschämt spielte sie mit dem Saum ihres T-Shirts, nein, Sue war wirklich nicht wie andere Frauen. Sie wollte nicht auffallen, wollte nicht gesehen werden, sie war sich ihrer Ausstrahlung gar nicht bewusst und versuchte, ihre Schönheit zu verstecken. Als ob ihr das gelingen könnte!
Ich nahm ihre Hand, zog sie zu meiner Maschine und stieg auf. Sie setzte sich hinter mich und wusste genau,

was sie tun musste. Sie rückte eng an mich heran, presste ihre Vorderseite an meinen Rücken und umfasste mich mit ihren Armen. Ein wahnsinnig gutes Gefühl!
„Danke für Jacke und Helm, das war wirklich lieb von dir", flüsterte sie so, dass ich es kaum hören konnte.
Als Erwiderung und als Zeichen, dass ich sie gehört hatte, drückte ich nur kurz ihre Hand und fuhr los.
Auf einer meiner Fahrten hatte ich ein bisschen außerhalb in etwa einer Stunde Entfernung ein Café - Restaurant gesehen, das sonntags auch Brunch anbot. Es lag schön an einem See und lud praktisch zum Essen und anschließenden Spazieren ein. Während Sue sich vorhin fertig gemacht hatte, hatte ich dort kurz angerufen und einen Tisch für uns reservieren lassen.

Als wir gegen 10.30 Uhr dort ankamen, zeigte es sich, dass das eine sehr gute Idee gewesen war, denn der Parkplatz war voll mit Maschinen, Rädern und Autos und alle Tische waren besetzt – bis auf unseren. Den hatte mir die freundliche Dame, mit der ich telefoniert hatte, sogar auf der Außenterrasse frei gehalten, nachdem ich ihr erzählt hatte, dass ich meine Begleitung unbedingt beeindrucken wollte.

- Sue -

Wenn Nate mich hatte beeindrucken wollen, dann war ihm das tatsächlich gelungen. Ich war schon oft als Sozia auf einer Maschine mitgefahren, aber die Fahrt mit Nate stellte alles andere in den Schatten. Er war ein sehr ruhiger, besonnener Fahrer.
Außerdem hatte er, sobald wir an einer Ampel anhalten mussten, seine Hand auf meine gelegt und sanft darüber gestreichelt. Und wenn er fuhr, sich in die Kurve legte, dann durfte ich das Spiel seiner Muskel unter meinen Händen spüren – auch eine sehr angenehme Erfahrung.
Und nun das, er hatte es tatsächlich geschafft, dass wir in diesem gut besuchten Lokal einen der begehrten Außensitzplätze bekommen hatten.
Hier saßen wir schon seit einer Stunde in sehr angenehmer, entspannter Stille, jeder von uns hing seinen Gedanken nach und ich genoss es, die Menschen um mich herum zu beobachten. Zum Glück teilte Nate meine Vorliebe fürs Beobachten und Kommentieren. Die Zeit verging wie im Flug.

Nachdem wir ausreichend gestärkt waren und ich mir noch einen Milchkaffee zum Abschluss gegönnt hatte, winkte Nate die Kellnerin zu uns. Als ich nach meinem Portemonnaie greifen wollte, sah mich Nate nur mit hochgezogener Augenbraue an als wollte er sagen: „Frau, wenn du denkst, dass du hier zahlen wirst, dann hast du dich aber geschnitten!"
Also ließ ich es in meiner Tasche und sah, wie Nate der Frau fast 20 € an Trinkgeld gab und sich noch mal bei ihr dafür bedankte, dass sie uns diesen Platz reserviert hatte.

Dann nahm er meine Hand und führte mich aus dem Lokal raus.

„Sollen wir noch eine Runde spazieren gehen, was meinst du?"

Ich sah zu unseren verschränkten Händen, sah ihm in die Augen und nickte.

Doch bevor wir uns auf den Weg machen konnten, wurde ich von hinten hochgehoben und herumgewirbelt. Zum Glück hatte Nate mich rechtzeitig losgelassen, sonst wäre die Situation ziemlich seltsam geworden.

Ein Blick auf die tätowierten Unterarme, die mich da hielten, sagte mir alles, was ich wissen musste.

„Michael, du Grobian, lass mich los!", rief ich lachend.

„Nenn du meinen Mann nochmal Grobian und du bekommst nie wieder Kaffee und schon gar kein Tattoo mehr bei uns!", hörte ich nun David rufen, der mit großen Schritten auf uns zukam.

„Hey, Süße, was treibt dich hier her? Ich dachte, du verwöhnst gerade Ela und ihre Männer?"

„Tom hat Magen – Darm, so haben wir den Tag für eine kleine Tour genutzt."

„Wir? Wer ist wir?", fragten die beiden wie aus einem Mund und blickten neugierig über meine Schulter auf meinen Begleiter. Oh je, wie sollte ich ihn nur vorstellen? Mein Boss? Mein Untermieter? Mein Freund? Ein Bekannter?

Ich hatte keine Ahnung, wie wir zueinander standen.

„Was sollen wir mit euch Mädels nur machen? Da passen wir einmal nicht auf euch auf und schon schleppt ihr irgendwelche Männer an – zuerst Ela und jetzt du!"

Ich musste lachen, denn wie es der Zufall gewollt hat, hatte Ela nicht irgendeinen Mann angeschleppt, sondern unwissenderweise Michaels kleinen Bruder. Da

Nate aber aus Amerika kam, bestand diese Möglichkeit wohl nicht.

Dann stellte David sich Nate vor: „Hi, ich bin David, ein Freund von Sue und wer bist du … warte mal, kennen wir uns irgendwoher?"

Er beäugte Nate sehr intensiv.

Nate erwiderte den Blick, als würde er mehr erwarten, doch dann nahm er Davids Hand. „Ich glaube nicht, ich bin erst wenige Tage in der Stadt, ich bin Nate …", er sah mir in die Augen, dachte einen Moment nach, „ein Freund von Sue!"

„Du bist Amerikaner?"

„Ja, warum?"

„Nur so, dein Akzent..."

Die zwei starrten sich an, als hätten sie irgendein Geheimnis, es entstand ein ziemlich unangenehmes Schweigen. Es erinnerte mich an das erste Aufeinandertreffen meiner Brüder mit einem meiner Verehrer. So hatten die geguckt, wenn sie demjenigen hatten klar machen wollen, dass er sich mit gebrochenen Beinen im Krankenhaus wiederfinden würde, sollte er es wagen, ihrer kleinen Schwester etwas zu leide zu tun.

Michael schien es ähnlich zu gehen, denn er zog David von uns weg, und verabschiedete sich ziemlich hastig.

„Sorry, ihr zwei, wir sind hier verabredet und müssen heute Nachmittag noch in den Laden. Vielleicht sieht man sich ja noch mal? Spätestens beim Geburtstag der Zwillinge, oder?"

Bei diesen Worten verengten sich Davids Augen noch mehr, wenn das überhaupt möglich war. Er nickte mir kurz zu und drückte mir einen Kuss auf die Wange und ging.

„Was war denn das?"

Nate zögerte, vielleicht ein bisschen zu lange und murmelte dann: „Ich habe keine Ahnung …"
Doch es fiel mir schwer, das zu glauben.

- Michael -

„Was war denn das? Kanntest du den Kerl? Musst du mir irgendwas sagen? So hast du dich ja noch nie benommen – fast wie'n irrer Stalker. David – hörst du mir überhaupt zu?"
Mein Mann schien völlig weggetreten, er reagierte kaum auf meine Worte. Er drehte sich noch mal nach Sue und diesem Nate um und runzelte die Stirn.
Dann sah er mich an, der Blick nachdenklich, ein bisschen traurig.
„Micha, hast du diese Augen gesehen? Und dazu der amerikanische Akzent …"
„Ich weiß ja, dass du ein Faible für Bad Boys mit blauen Augen hast, aber so offen hast du es noch nie gezeigt." Ich war zugegebenermaßen ein wenig geschockt über seine Reaktion.

David gab mir einen Kuss und antwortete: „Du musst dir um uns keine Sorgen machen. Hat dich der Kerl eben nicht an irgendwen erinnert? Ich hätte schwören können, ich hab ihn schon mal gesehen oder jemanden, der ihm total ähnlich sieht. Und ich komm auch noch dahinter, an wen er mich erinnert. Irgendetwas stimmt hier nicht!"
Damit ließ er die Sache auf sich beruhen und die Begegnung geriet in Vergessenheit.

- Nate -

Wir waren auf dem Heimweg.
Seit der Begegnung mit David und seinem Freund hatte ich den Ausflug nicht mehr richtig genießen können.
Konnte es sein, dass sowohl Ela als auch David meinen Bruder gekannt haben? Die beiden kannten sich schon lange, da konnte es sein, dass sie damals irgendeine Beziehung zu Dylan gehabt haben.
Ich hatte möglichst unverfänglich versucht, aus Sue herauszukriegen, woher sie David und Michael kannte und was sie über sie wusste.
Viel war es nicht, was sie mir hatte sagen können, aber ich wollte auch nicht zu auffällig fragen. Ich konnte ja schlecht sagen, dass ich im Grunde wegen einer kryptischen Mail hier war und nach Anhaltspunkten über meinen seit über acht Jahren toten Bruder suchte, an dessen Tod ich mit schuld war.
Alles, was Sue wusste, war, dass die beiden schon über zehn Jahre ein Paar waren und ungefähr genauso lange ein Tattoostudio führten, wo sie, Ela und wohl auch Sam ihre Tattoos her hatten. Wenn ich mir allerdings meinen Bruder mit Tattoos vorstellte, dann fiel mir das schwer. Er war immer der Sunnyboy, aber Tattoos? Eher nicht. Aber was wusste ich schon von Dylan? Er war nur wenige Monate älter als ich gewesen, keine zwei Jahre und wir waren uns nie sehr nah, es herrschte immer eine Konkurrenz zwischen uns, die meist von mir ausging. Denn ich war der, der ihn um alles beneidet hatte und ihm seine Erfolge nicht gönnte!
Ich weiß nicht, ob Sue meine Abwesenheit, meine Grübeleien bemerkt hatte – gesagt hatte sie jedenfalls nichts. Wir waren um den See spaziert, hatten dabei

Händchen gehalten. Und trotz meiner Gedanken hatte ich ihre Anwesenheit genossen, sie hatte mich beruhigt, geerdet, ohne sie wäre ich mit all meinen Gedanken alleine gewesen und wäre wohl durchgedreht.

Sie schien gemerkt zu haben, dass mir nicht nach Reden gewesen war – diese Eigenschaft zog mich noch mehr zu ihr hin. Himmel, konnte diese Frau mal irgendetwas tun, was mich nicht an meinem Wunsch zweifeln ließ, so schnell wie möglich zurück in die Staaten zu fliegen?

Ich kannte sie erst wenige Wochen, doch ich fühlte mich mit ihr tiefer verbunden als mit jeder anderen Frau, mit der ich je zusammen gewesen bin.

Für mich hatten in meinen Beziehungen (sofern man davon reden konnte) immer Sex und Partys im Vordergrund gestanden. Ich wollte eine gute Zeit haben und Spaß, mehr hatte ich nicht gewollt.

Und doch ging diese Freundschaft tiefer als alles, was ich bisher erlebt hatte. Wir hatten bisher nur Händchen gehalten und ab und zu hatte ich ihr einen eher unschuldiger Kuss gegeben, ich hatte sie nur wenige Male im Arm gehalten und trotzdem war es …mehr. Einfach nur mehr!

- Sue -

Irgendetwas beschäftigte Nate, er war so in sich gekehrt, so hatte ich ihn noch nie erlebt. Er war auch sofort nach unserer Ankunft in seinem Zimmer verschwunden, er schob Arbeit als Grund vor. Ich hörte ihn auf seinem Computer tippen und telefonieren.
Komisch war die Sache aber schon, heute Morgen hatte er den Tag mit mir verbringen wollen und nun floh er in sein Zimmer, kaum, dass wir zurück waren? Hatte ihm der Tag mit mir so wenig bedeutet, dass er es nun kaum erwarten konnte, mich los zu werden? Was war falsch gelaufen? An welcher Stelle hatte ich etwas übersehen oder nicht mitbekommen?
Scheiße, ich merkte, wie die Tränen kamen – ich war schon immer ziemlich emotional, ein Buch, ein Film, egal, ich heulte, aber wegen eines Mannes? Noch nie!
Ich hatte doch gewusst, dass Nate nicht gut für mich sein würde.

Ich hatte noch ungefähr bis 21.00 Uhr im Wohnzimmer gesessen, doch Nate kam nicht mehr zurück. Also verzog ich mich mit meinem Handy und dem Reader in mein Zimmer – aber Ela reagierte nicht auf meine Nachrichten und das Buch fesselte mich so gar nicht. Also versuchte ich es mit Schlafen. Aber auch das wollte nicht so recht klappen. Was genau war passiert, dass es Nate so beschäftigte? Ich ging unseren Tag in Gedanken durch. Alles war perfekt gewesen, wir hatten eine völlig entspannte Fahrt gehabt, der Brunch war perfekt. Gut, David hatte etwas seltsam auf Nate reagiert, aber das hatte ich unter „großes Bruder - Syndrom" abgespeichert. David hatte Ela und mich vor

so langer Zeit unter seine Fittiche genommen, dass ich mir ein Leben ohne ihn als Beschützer kaum mehr vorstellen konnte.
Doch, wenn ich jetzt so an den Tag zurückdachte – im Grunde war auch schon unser Spaziergang seltsam. Doch ich konnte mir keinen Reim darauf machen. Was verschwieg mir Nate und was hatte David damit zu tun?
Oder lag es doch an mir?
Bestimmt waren ihm Händchen halten und ab und zu ein kleiner Kuss nicht genug, zu wenig Geschwindigkeit, oder Davids Reaktion hatte ihn abgeschreckt – wer brauchte schon einen überbehütenden Ersatzbruder, wenn er auf 'ne schnelle Nummer mit einer Frau aus war?

Über all diesen Gedanken schlief ich ein.

29. August 2016

- Nate -

Ich lief schon seit 30 Minuten wie ein Bekloppter.
Ich hatte in der letzten Nacht mal wieder kaum ein Auge zubekommen, nun brannten meine Muskeln, mein Herz raste, die Musik pushte mich immer weiter, der Schweiß biss mir in den Augen.
Ich hatte mich gestern Nachmittag Sue gegenüber wie der größte Arsch benommen, daran änderte auch jede Entschuldigung nichts. Ich hatte die Begegnung mit diesem David nicht aus dem Kopf bekommen. Ich war so darauf fokussiert gewesen, meiner Familie Ergebnisse zu bieten, dass ich mein Leben aus dem Blick verloren hatte. Ich hatte in den letzten Jahren immer so darum gekämpft, meine Familie zusammen zu halten, dass ich selber irgendwie auf der Strecke geblieben war. Es hatte diese junge Frau aus einem fremden Land gebraucht, um mir zu zeigen, dass es Wichtigeres gab.
Ich hatte mir vorgenommen, mich zum Einen nach allen Regeln der Kunst bei Sue zu entschuldigen, denn ich hatte ihr den Eindruck vermittelt, dass mir der Tag mit ihr nichts bedeutet hatte. Und zum Anderen würde ich noch bis zum Sonntag abwarten, da war die Geburtstagsfeier der Zwillinge, zu der Ela mich auch eingeladen hatte. Da sollte ich doch die Gelegenheit finden, mit Ela und David zu sprechen, sie offen zu fragen, ob sie Dylan gekannt haben, als er vor neun Jahren in Deutschland gewesen war.
Nun war ich auf dem Rückweg meiner Runde –

immerhin hatte meine innere Unruhe dazu geführt, dass ich meine bisherige Bestzeit auf dieser Strecke bei Weitem unterboten hatte.

Zu Hause angekommen (Himmel, ich sah in dieser kleinen Wohnung tatsächlich nach so kurzer Zeit ein 'Zuhause', mehr als in meiner sterilen Bude in Atlanta...) ging ich wie immer nach dem Laufen sofort in die Küche, um Sue ihren Kaffee zu kochen.
Im Gegensatz zu sonst tauchte Sue nicht sofort in der Küche auf, sie durchbrach unsere Routine. Was sollte ich davon halten? Hatte sie verschlafen?
Als ich feststellte, dass sie immer noch nicht in der Küche gewesen war, nachdem ich geduscht hatte, klopfte ich an ihre Zimmertür – keine Reaktion. Also öffnete ich die Tür einen Spalt breit, das Bett war gemacht, aber von Sue keine Spur. Was sollte das jetzt heißen?
Sie war auch nirgendwo in der Wohnung, keine Nachricht, kein Zettel, nichts, sie war weg. Ein Blick in den Eingangsbereich zeigte, dass auch ihr Rucksack und ihr Helm weg waren.
Hatten wir heute einen frühen Termin im Büro, von dem ich nichts wusste?
Ich zog mich auch an und machte mich auf den Weg zur Arbeit, allerdings wurde ich das Gefühl nicht los, dass irgendetwas nicht stimmte.
Im Büro angekommen, vergewisserte ich mich zuerst, dass Sues Fahrrad auch tatsächlich an seinem Platz stand, bevor ich mit dem Aufzug nach oben fuhr. Für die Treppen taten meine Oberschenkel dank des Laufs heute Morgen noch viel zu weh.
Trotz der frühen Stunde (es war gerade mal kurz vor acht) waren schon viele Mitarbeiter an ihren Plätzen – der Vorteil von Gleitzeit, wer früh kam und seine

Sachen erledigte, der durfte ab 15 Uhr wieder gehen!
Leider gab es viel zu viele Fragen an mich von Simon, Niklas und mal wieder Linda – die mussten wir echt los werden!! - , so dass ich gar nicht bis zu Sue durchkam.
Erst kurz vor der Mittagspause sah ich, wie sie in Richtung Ausgang schlich. Ja, sie schlich, anders konnte ich es nicht beschreiben, sie war wieder in ihrem 'ich will unauffällig sein – Modus'. War dieser Frau überhaupt klar, dass sie gar nicht unauffällig sein konnte?
Sie stach immer und überall aus der Masse heraus, ihre Mähne, die Farbe ihrer Haare, der lockere, lebensfrohe Gang, alles an ihr machte mich fertig, zog mich an.
Selbst jetzt, wo sie mit gesenktem Kopf, die Haare wie ein Vorhang vor dem Gesicht, die Schultern hochgezogen an meiner Bürotür vorbeiging. Hatte ich das mit ihr gemacht? War ich schuld an dieser Laune?
„Sue – hast du einen Moment?"
Sie blieb wie vom Donner gerührt stehen, straffte die Schultern und guckte in mein Büro, ohne reinzukommen.
„Jonathan – was kann ich für dich tun? Ich bin auf dem Weg in die Pause und habe eine Verabredung!"
Autsch, das tat weh, nicht nur die Anrede, auch, dass sie nicht reinkam und die Betonung, dass sie verabredet war.
„Sue, bitte ..."
„Was?", oh Gott, wir waren wieder am Anfang, diesen schnippischen Ton hatte ich in den ersten Tagen immer zu hören bekommen. Wie schaffte es diese Frau nur, mit nur einem Wort und einer Tonlage so viel auszudrücken: „Junge, sieh's ein, du hast es versaut! Sprich mich nicht an. Lass mich in Frieden ... FUCK OFF!"
Ich musste schlucken.

„Ich muss mich für mein Verhalten entschuldigen, ich war so mit anderen Dingen beschäftigt …"
„Alles ok, Jonathan, ich habe verstanden und wenn sonst nichts mehr anliegt, dann würde ich jetzt gerne in die Pause gehen. Die Arbeiten für das Projekt sind soweit von meiner Seite abgeschlossen, ich habe sie dir eben gemailt. Solltest du noch Fragen haben, Niklas wollte seine Änderungen einarbeiten. Dann können wir das beim nächsten Meeting durchsprechen, das war für Donnerstag Morgen angesetzt, oder?
Außerdem wollte ich morgen und übermorgen Überstunden abfeiern, ich habe schon mit Simon gesprochen, von seiner Seite geht das klar. Hast du etwas dagegen? Ich hab da einen familiären Notfall und werde bis Mittwoch Abend weg sein. Und bevor du fragst – ja, zu dem Einstellungsgespräch Mittwoch Abend werde ich hier sein. Das hatte ich dir ja versprochen. 19 Uhr, oder? Wenn sonst nichts mehr ist, dann bin ich jetzt weg. Solltest du noch Fragen haben – schreib mir ne Mail!"

Ich war im Arsch, aber sowas von!
Eleganter, kälter, abgeklärter hatte mir noch nie eine Frau klar gemacht, dass ich verschissen hatte! Wenn ich ihr die Ausgleichstage verbot, war ich der Idiot, wenn ich Antworten verlangte, welcher Notfall vorlag, überschritt ich meine Kompetenzen, wenn ich sie zurückrief, würde das ganze Büro es mitbekommen.
Ich rieb mir die Stirn. Im Moment waren mir die Hände gebunden, ich brauchte ihre Mail gar nicht zu öffnen, ich wusste, dass ich eine hervorragende Präsentation für Donnerstag finden würde und dass Niklas' Änderungen nicht zum Besseren beitragen würden. Also druckte ich mir ihre Arbeit aus und studierte sie genau, um Niklas' Änderungen abblocken zu können.

- Sue -

Ich war so stolz auf mich, dass ich vorhin im Büro nicht in Tränen ausgebrochen war, Nates Stimme, sein besorgter Blick, seine Worte, beinah wäre ich umgekippt. Beinah hätte ich ihn reden lassen. Aber eben nur beinah!
Nichts, was ich ihm gesagt hatte, war gelogen gewesen, ich HATTE verstanden. Ich hatte verstanden, dass ich auf dem besten Wege gewesen war, mir doch mehr zu erlauben, obwohl ich wusste, dass seine Tage hier bald zu Ende waren. Außerdem hatte ich tatsächlich eine Verabredung zum Mittagessen gehabt, David und Michael hatten mich erwartet, sie wollten mir ihren neuen Tätowierer vorstellen. Lustigerweise kannte ich den bereits, denn er war ein Fahrradkurier, den unser Büro oft für unsere innerstädtischen Erledigungen einsetzte. Ich konnte mir sehr gut vorstellen, dass Sascha hervorragend ins „Mr. Van T." passte. Er war witzig, immer gut drauf, versprühte Lebensfreude, seine full sleeves Tattoos waren imposant und passten genau zu seinem kleinen, stämmigen, durchtrainierten Körper. Da ich heute hohe Schuhe trug (an Tagen, an denen ich mich nicht so toll fühlte, neigte ich dazu, mich etwas schicker zu machen – typisch Frau, oder?), war ich sogar ein Stückchen größer als er.
Anschließend war ich gar nicht mehr ins Büro gefahren, sondern direkt nach Hause, um eine Tasche für die nächsten zwei Tage zu packen.
Denn auch der familiäre Notfall war nicht gelogen gewesen.
Ela hatte mir morgens geschrieben. Sie hatte tatsächlich die Zusage des Designers bekommen und sollte am

Donnerstag anfangen. Da hatte Sam spontan die Idee gehabt, von heute bis Mittwoch Nachmittag mit ihr wegzufahren. Quasi ein Kurzurlaub – zwei Tage nur für die beiden, das hatten sie bisher auch noch nicht gehabt. Und natürlich sagte ich zu, dass ich in dieser Zeit für Tom und Noah da sein und auch in Sams Haus wohnen würde.

Ich hatte ihnen nicht erzählt, dass ich mir die Tage frei genommen hatte. Ich würde mich hier verkriechen und erst am Mittwoch Abend zu diesem Bewerbungsgespräch auftauchen. Dann Donnerstag das Meeting mit dem Kunden und wenn alles gut ging, dann war das Projekt lange vor der Zeit damit von meiner Seite abgeschlossen. Den Rest mussten dann das Marketing und die Projektleiter miteinander ausmachen.

Wenn ich Glück hatte, dann wäre Nate auch bald verschwunden und ich hätte wieder Ruhe in meinem Leben und meiner Wohnung.

Er hatte sich an meine Bitte gehalten – keine Anrufe, keine Nachricht. Wenn es so bliebe, dann standen die Chancen ganz gut, dass ich mein blödes Herz bis Mittwoch Abend halbwegs im Griff hatte!

10 Stunden später …

Keine Ahnung, wie lange ich geschlafen hatte – nicht lange auf jeden Fall.

Ich hatte mich viel hin- und hergewälzt und darüber nachgedacht, wo mein Gedankenfehler bei Nate gelegen hatte...

Aber egal, jetzt mussten die Jungs geweckt werden.

Zum Glück teilte Sam meine Kaffeesucht und er hatte

eine dieser Turbomaschinen in der Küche, die alles konnte, was mein Herz begehrte – außer dasselbe zu flicken!!
Aus reiner Routine rief ich mit meinem Handy meine Mails ab – hätte ich mal lieber gelassen.
Wieso musste der Kerl mich so wörtlich nehmen?
„Hi – bitte lies mich!" hieß der Betreff der Mail.
Trotz allem musste ich lächeln – ich hatte ihm ja gesagt, er solle mir eine Mail schreiben. Sie war von gestern Nachmittag, er muss sie getippt haben, als ihm klar wurde, dass ich wohl aus der Mittagspause nicht zurück kommen würde.
Ich wappnete mich – obwohl ich nicht genau wusste, wogegen – und las sie.

„Hi, du hast gesagt, ich soll dir eine Mail schreiben, wenn ich Fragen habe – sorry, my German sucks, when it comes to writing...
Here are my questions:
1. Why did I hurt you? Don't know – I'm a big, big, big fool
2. Do I deserve you? Definitely no!
3. Do I wish I acted different on Sunday? Definitely yes!
4. Do I hope you will hear me out on Wednesday? ABSOLUTLY YES!
5. When will I be able to tell you everything? Hopefully next Sunday...

Yours, Nate
Please be safe!"

Was für'n Arsch – nun stand ich in Sams Küche, sollte die Jungs gleich aus dem Bett holen und heulte.

Als ich ihm sagte, er solle mir bei Fragen eine Mail schreiben, hatte ich mit Fragen zum Projekt gerechnet oder mit Fragen, warum ich mich so benahm, aber doch nicht mit lauter Schuldeingeständnissen, Entschuldigungen und Erklärungen von ihm.
Würde ich ihm morgen Abend zuhören?
Keine Ahnung, ich wusste es wirklich nicht, denn es würde an einer Sache nichts ändern – er würde gehen und ich bleiben.

Ich wischte mir die Tränen in dem Moment aus den Augen, als Tom und Noah in die Küche geschlurft kamen.
Ich setzte ein gequältes Lächeln auf.
„Guten Morgen, was mögt ihr zum Frühstück?"
„Morgen, Sue, Müsli für mich!", tönte Tom.
Noah war – wie immer – ein anderes Kaliber. Er betrachtete mich intensiv.
„Hast du geweint?"
Ich schüttelte den Kopf und drehte mich weg, er musste nun wirklich nicht mein Liebesdrama mitbekommen.
Statt einer Antwort fragte ich ihn, was er wolle.
„Ich nehm auch ein Müsli – und als Pausenbrot bitte 'n doppeltes Brot mit Fleischwurst!"
„Ich auch", schmatzte Tom zwischen zwei Löffeln Müsli.
Ich erfüllte die Brotwünsche und setzte mich mit meiner Tasse Kaffee zu den beiden (ob Nate wohl gerade vom Laufen kam? Ich vermisste unsere gemeinsamen Starts in den Tag bereits jetzt …)
„Was sollen wir heute Nachmittag unternehmen? Ich dachte, ich hole euch direkt von der Schule ab und wir gehen ein Eis essen und anschließend noch lecker für unser gemeinsames Abendessen einkaufen? Morgen sind Sam und eure Mutter wieder da, dann gibt es

abends wieder gesunde Brote. Heute ist die einzige Chance, lauter ungesunde Dinge zu essen!"
Zustimmendes Murmeln bestätigte, dass ich eine gute Wahl getroffen hatte.

Nachdem ich die beiden um Viertel vor acht in Richtung Schule verabschiedet hatte, überlegte ich, was ich mit dem freien Tag anfangen sollte. Ich konnte ja schlecht Sams Wohnung oder Garten in Angriff nehmen und nach Hause traute ich mich nicht, wer wusste schon, wann Nate meine Wohnung verlassen würde? So entschied ich mich für einen Lümmeltag mit einem Serienmarathon. Das half, um abzuschalten – zumindest ein bisschen.

31. August 2016

- Nate -

Ich tigerte in meinem Büro auf und ab und das seit fast 30 Minuten.
Ich hatte nichts von Sue gehört, ich wusste nicht, wo sie war, ich konnte nur hoffen, dass sie gleich hier auftauchen würde. Ich musste wissen, dass es ihr gut ging. Wie sollte ich gleich das Gespräch hinter mich bringen? Simon war in seinem Büro und würde sicher gleich kommen, so dass ich keine Zeit haben würde, mit Sue alleine zu sein. Was vielleicht nicht das Schlechteste war – wer wusste, was ich tun würde, wenn wir alleine waren? Sie an mich reißen und sie so lange küssen, bis sie mir vergab?
Ich glaubte nicht, dass mich das bei Sue weiter bringen würden – ich würde mir eher eine Ohrfeige einhandeln, aber auch das würde ich in Kauf nehmen, wenn ich sie dafür in den Arm nehmen dürfte!
Stattdessen sah ich mir die Bewerbung noch mal an.
Lucca Thoma war eine hübsche 24- jährige Frau. Sie hatte in einem großen Hotel eine Lehre zur Bürokauffrau gemacht und auch dort an der Rezeption Kundenkontakt gehabt. Sie hatte Bestnoten und auch super Beurteilungen von Mitarbeitern und Vorgesetzten erhalten. Da wunderte es mich ein bisschen, dass sie sich beruflich verändern wollte. Aber deren Verlust konnte gut unser Gewinn werden.
Als Grund für ihre Bewerbung hatte sie Interesse an einem neuen Aufgabenfeld und das Lernen neuer Dinge angegeben.

Ihr Anschreiben war nicht das übliche, aus dem Internet zusammengeschusterte Standardgeplänkel, es sprühte viel mehr vor Witz und Lebensfreude.
Als einen Grund für die Wahl unseres Büros nannte sie das Vorhandensein zweier Dinge: eines Behindertenparkplatzes und eines Aufzugs, denn als Rollstuhlfahrerin wäre sie für sowas immer sehr dankbar.
Ich war sehr gespannt auf diese Frau …
In diesem Moment hörte ich Stimmen im Flur, Frauenlachen, eins davon würde ich wohl für immer im Schlaf erkennen, Sue!
„ … und dann hab ich zu dem Typ gesagt, dass ich zwar meine Beine nicht benutzen könne, mein Gehirn aber sehr wohl und er sich seinen Mitleidssex woanders suchen könne!"
„Lucca – das hast du nicht wirklich gesagt!", hörte ich Sue lachen.
Ich musste schmunzeln – typisch Sue, sie sollte als Mitarbeiterin an einem Bewerbungsgespräch teilnehmen und schien bereits im Aufzug Freundschaft geschlossen zu haben. Die beiden würden ein prima Gespann hier in der Firma werden und genau den richtigen frischen Wind in diese Räume bringen, wenn … . Ja, wenn ich nicht mehr da sein würde. Wenn ich wieder meine Rolle des braven Sohns meiner Eltern einnehmen würde, wenn ich wieder versuchen würde, meine Familie zusammen zu halten.
Aber wie sollte ich nach allem, was ich mit Sue erlebt und gefühlt hatte, zurück nach Amerika fliegen ohne zurück zu schauen und mich zu fragen, was zwischen uns hätte sein können?

Ich trat in den Flur, wo die beiden warteten und sich über irgendwelche Geschichten amüsierten.

„Hallo Sue! Hallo, Sie müssen Frau Thoma sein?"
Ich ging auf die beiden zu, Sues Gesicht verschloss sich augenblicklich.
„Hallo Jonathan, ja, das ist unsere Bewerberin, wir haben uns eben vor der Tür kennengelernt!",
kein Lächeln für mich.
„Na ja, ich hab dich fast umgefahren, Sue. Ich war so nervös, dass ich echt nicht aufgepasst habe, wo ich hingerollt bin …
Ja, ich bin Lucca Thoma. Sehr angenehm."
Sie reichte mir ihre Hand und ich musste gestehen, ich war unsicher. Beugt man sich zu einem Rollstuhlfahrer hinunter, wenn man ihn begrüßte?
„Ich bin Jonathan Miller – der Juniorchef aus Amerika, es ist ein Zufall, dass ich gerade in Deutschland bin, aber so habe ich die Chance, Sie persönlich kennenzulernen und gegebenenfalls einzustellen."
Ich zwinkerte ihr zu – mehr aus Gewohnheit, aus dem Augenwinkel sah ich, wie Sue zusammenzuckte.
Super hinbekommen, Nate, schimpfte ich mit mir selber. Wie sollte ich Sue davon überzeugen, dass sie mir etwas bedeutete, wenn ich vor ihren Augen mit einer anderen flirtete?
In diesem Moment kam auch Simon dazu und stellte sich vor.
Das Bewerbungsgespräch war reine Formsache, denn für mich war vom ersten Moment an klar, dass Lucca diesen Job bekommen würde.
Sie war offen und herzlich und erklärte auch freimütig, warum sie die Stelle wechseln wollte:
„Ich hab den Job im Hotel echt geliebt, aber ich brauchte einen Neuanfang. Ich sitze seit über sieben Jahren in diesem Stuhl. Damals war nicht klar, ob ich jemals alleine wohnen könnte oder einen Beruf ausüben. Mein Abi habe ich ein Jahr später gemacht

und das auch nur durch Hausunterricht. Das Hotel gehört meinen Eltern, sie meinten wohl, sie könnten mich besser unter Beobachtung halten, wenn ich im eigenen Betrieb lerne und arbeite. Aber ich muss nun da raus. Ich bin alt genug und habe meine Leben genug im Griff, um alleine zu leben. Also bin ich die Stellenanzeigen durchgegangen und Ihre war die interessanteste.
Und Sue hat mir angeboten, ich könne übergangsweise bei ihr wohnen, da würden bald zwei Zimmer frei."
Bei diesen Worten sah ich sofort zu Sue hin, sie hatte zumindest den Anstand, rot zu werden. Was sollte das? Ich war noch da und sie versprach schon anderen meine Zimmer, mein Zuhause? Sue wich meinem Blick aus. Oh Gott, wieso wirkte es, als wäre sie kilometerweit von mir entfernt?
Simon schaltete sich in das Gespräch ein: „Also, wenn wir uns einig würden, wann könnten Sie anfangen? Unsere jetzige Kraft verlässt die Firma zum 1. 10. , was halten Sie davon, wenn wir Ihnen den Vertrag zuschicken, Sie prüfen ihn oder lassen ihn prüfen und wenn wir uns einig werden, dann wäre ich froh, wenn Sie zum 15. 9. bei uns anfangen könnten. Erstmal stundenweise zur Übergabe. Das würde Ihnen auch die Zeit geben, sich einzugewöhnen."
Ich beobachtete einen kurzen Blickaustausch zwischen den beiden Frauen und Sue nickte kaum merklich – immer noch meinem Blick ausweichend.
Lucca wandt sich wieder an uns: „Also, für mich klingt das gut! Sie haben ja meine Mailadresse, schicken Sie mir den Vertrag einfach zu und ich melde mich dann am Montag bei Ihnen." Sie verabschiedete sich von uns, umarmte Sue zum Abschied und ging, fuhr, rollte raus – was war wohl der politisch korrekte Begriff?
Auch Simon verabschiedete sich und ließ mich und Sue

und eine sehr unangenehme Stille im Raum zurück.
Zuerst bewegte sich keiner von uns, dann griff sie ihren Rucksack und wollte gehen.
„Sue – warte, wohin willst du? Wirst du mir zuhören? Kommst du mit nach Hause?"
Sie lachte bitter auf.
„Hörst du dich reden? Was du als Zuhause bezeichnest ist meine verfluchte Wohnung! Natürlich werde ich in MEINER Wohnung schlafen, wo denn sonst? Und ich werde dir auch zuhören, aber ich glaube nicht, dass du mir irgendetwas sagen kannst, was ich hören will oder was etwas ändert!"
Mit diesen Worten rauschte sie aus dem Raum und ließ mich alleine zurück.

- Sue -

Oh Gott – worauf hatte ich mich da nur eingelassen?
Ich war so schnell ich konnte in meine Wohnung gefahren („Kommst du mit nach Hause?" Der Typ hatte echt Nerven, mich sowas zu fragen!). Hier saß ich nun und starrte die Wände an. Wann würde er kommen, was würde er mir sagen? In seiner Mail hatte er geschrieben, dass er mir am Sonntag alles erklären könnte. Wieso am Sonntag, wieso nicht heute, oder gestern oder letzten Sonntag.
Es stimmt, was man über Frauen sagte, wenn wir erstmal anfangen, etwas zu zerdenken, dann aber so richtig!
Ich hatte keine Ahnung, was am letzten Sonntag passiert war, dass seine Stimmung so hatte kippen lassen – war er schwul und hatte mal was mit David? War er irgendwo zur Fahndung ausgeschrieben und David hatte das Foto gesehen? War er nicht Jonathan Miller aus den USA? Hatte er eine andere Identität angenommen? Manchmal, wenn meine Gedanken so derart auf Abwege gerieten, fragte ich mich, ob ich vielleicht weniger lesen und fernsehen sollte – zumindest keine Stories mehr mit Verschwörungstheorien, das war scheinbar nicht gut für meinen geistigen Zustand.
Es war bestimmt eine ganz einfache Lösung: er bereitete sich gedanklich auf den Abschied vor!
Morgen ist das letzte Meeting mit dem wichtigen Kunden, danach waren alle Verträge unterschrieben und Nates Anwesenheit war nicht mehr von Nöten. Wenn das Meeting morgen gut laufen würde, hätte unsere Firma einen neuen Hauptkunden, was einer Fusion

gleich käme. Die Stelle war neu besetzt – oder zumindest so gut wie, denn ich war fest davon überzeugt, dass Lucca die Stelle annehmen würde. Und Lindas Tage waren gezählt, sie würde morgen fristgerecht ihre Kündigung bekommen.
So waren also aus mehreren Monaten Aufenthalt in Deutschland ein paar Wochen geworden und Nate konnte zurück zu seiner Familie. Was ich ja auch verstehen konnte.
Wie lange würde er noch hier bleiben? Eine Woche, zwei? Er hatte selber gesagt, dass er seine Familie, seine Eltern und Schwester vermissen würde. Ein Typ wie er - so lustig, offen, immer zum Flirten aufgelegt, gutaussehend, vermögend – der hatte doch bestimmt auch einen Haufen Freunde. Ich konnte ihn mir ziemlich gut vorstellen inmitten lauter junger, schöner Menschen, egal ob im Anzug bei offiziellen Treffen, oder auch als Biker, Sunnyboy, Surfer, keine Ahnung, womit man sich die Zeit vertrieb, wenn man genug Geld hatte und darüber nicht nachdenken musste.
Ich sah ihn förmlich vor mir, wie er problemlos in jede amerikanische Serie reinpasste. Er gehört auf die sonnige Seite des Lebens, er konnte mit Sicherheit auch als Modell arbeiten. Was sollte ihn in einer mittelgroßen Stadt in Deutschland halten?
Unsere Zeit – sofern es jemals unsere Zeit gewesen war – lief ab.
Ich straffte die Schultern und traf eine Entscheidung – egal, wie viel Zeit wir noch gemeinsam haben würde, ich würde das Beste daraus machen. Ich musste mir selber eingestehen, dass dieser Mann mir unter die Haut ging, ich war verliebt in ihn. Nun wollte ich auch das ganze Paket, ich wollte wissen, wie er sich anfühlte, welche Geräusche er machte, wie er schmeckte. Er würde mich so oder so mit einem gebrochenen Herz

hier sitzen lassen.
Würde es weniger weh tun, wenn ich die Distanz zwischen uns hielt?
Ich glaubte das nicht, der Schmerz würde vielleicht ein anderer sein, aber er wäre so oder so da. Also konnte ich mir auch erlauben, mich fallen zu lassen und zu tun, was ich schon länger tun wollte.
Ich würde meinen Verstand und mein Herz so gut es ging außen vor lassen und einfach genießen, was wir haben könnten.
Vielleicht nicht direkt heute, aber ich würde es mir gönnen – ich würde ihn mir gönnen!

- Nate -

Ich hatte mit allem gerechnet, als ich in Sues Wohnung kam – aber nicht damit, dass sie völlig ruhig, fast gelassen im Wohnzimmer saß und auf mich wartete.
„Wirst du mir zuhören – auch wenn ich dir noch nicht alles sagen kann?", fragte ich sie vorsichtig.
Sie lächelte mich an.
„Natürlich werde ich dir zuhören, das bin ich dir schuldig, oder? Und entschuldige, dass ich einfach weg war die letzten Tage, ich hoffe, du hast dir nicht allzu viele Sorgen gemacht – ich habe bei Ela und Sam gewohnt, die beiden wollten einen Kurztrip machen und ich hab auf die Zwillinge aufgepasst!"
Okkkaaayyyyy – musste ich die Gedanken und Handlungen dieser Frau verstehen? Eben im Büro war sie zickig, kämpferisch, herausfordernd gewesen, so, wie ich sie mochte, liebte, nun war sie anders, komisch, devot. Ohne ihr Feuer, ohne Kampfgeist, fast wie fremdgesteuert...
„Ich wollte mich für mein Verhalten von Sonntag entschuldigen, ich war mit meinem Kopf ganz wo anders, ich habe den Ausflug mit dir so genossen und dann habe ich so getan, als wäre nichts passiert, als hätte der Tag mir nichts bedeutet. Wie gesagt, ich kann es dir nicht erklären, es ist was sehr Persönliches, etwas, womit ich dich nicht belasten will, etwas was du nicht wissen musst. Aber du musst mir glauben, dass ich dich nicht verletzen wollte. Ich fand den Tag mit dir wirklich schön und ich hatte ihn eigentlich nicht so enden lassen wollen."
Und wieder reagierte Sue völlig unerwartet.
Sie kam zu mir, legte mir den Arm um die Hüften und den Kopf an die Brust.

„Alles gut, Nate, erklär mir einfach alles, sobald du es mir erklären kannst. Wenn es mich nichts angeht, dann ist das so.... Und nun will ich ins Bett. Wir sehen uns morgen früh? Das Meeting ist doch immer noch für zehn Uhr terminiert, oder?"
Mit diesen Worten stellte sie sich auf die Zehen und küsste mich auf den Mund.
„Sue, was …", ich war völlig überrumpelt.
„Pssssst, warum Fragen stellen? Magst du es nicht?"
Sie küsste mich wieder.
Ob ich es nicht mochte?
Ich konnte keinen klaren Gedanken fassen, so sehr genoss ich diese Berührung.
„Schon, aber … "
Doch wieder verschloss sie meine Lippen mit ihren. Als sie ihre kurz darauf öffnete und mit der Zunge über meine Lippen strich, ließ ich es gerne geschehen. Allerdings beendete sie den Kuss fast so schnell wie sie ihn begonnen hatte.
Ihre Augen wirkten trübe, feucht – oder machte das das Licht?
„Gute Nacht!"
Mit diesen Worten verschwand sie in ihr Zimmer und ließ mich ziemlich überrumpelt zurück.
Was war hier gerade geschehen?

- Sue -

Ich schaffte es gerade noch in mein Zimmer, bevor ich in Tränen ausbrach.
Oh Gott, war das wirklich ein brillianter Plan?
Konnte ich das? Der Kuss war so viel gewesen und gleichzeitig so wenig, denn mein Herz tat jetzt schon weh. Ob er wusste, wie schmerzhaft seine Worte gewesen waren?
Es ging mich nichts an, es war etwas Persönliches, ich musste das nicht wissen, er wollte mich nicht belasten, es war ein schöner Tag gewesen...
Übersetzt hieß das doch: Es ist echt nett mit dir, ich flirte auch gerne mit dir, aber mein Privatleben, meine Probleme, Ängste und Sorgen brauchen dich nicht zu interessieren, du bist nämlich nicht wichtig genug um dich an meinem Leben teilhaben zu lassen. Denn bald bin ich hier weg und das war's dann auch.
Wenn ich noch Anhaltspunkte für seine – nicht vorhandenen – Gefühle gebraucht hatte, nun hatte ich sie.
Gedanklich war er schon weg. Damit musste ich mich abfinden.
Ich musste mein Herz ausschalten - nein, falsch, das konnte ich nicht. Aber ich wollte die Zeit, die mir noch blieb, nutzen, um für mich schöne Erinnerungen zu schaffen. Erinnerungen, die mich warm halten würden, wenn er weg war.
Ich steckte eh schon so tief drin in der Geschichte, dann konnte ich auch den ganzen Weg gehen!

1. September 2016

- Nate -

Ich hatte verschlafen!
Das war mir noch nie passiert, aber ich hatte lange wach gelegen und über Sues Verhalten nachgedacht und dann hatte ich so intensiv von Sue geträumt, dass ich den Wecker wohl überhört hatte.
In der Küche stellte ich fest, dass Sue ihren Kaffee bereits ohne mich getrunken hatte und auch schon weg war.
Neben der Kaffeemaschine lag ein Zettel:

> Ich fahre schon mal ins Büro und bereite den Konferenzraum vor!
> Wir sehen uns gleich xo

Da heute zwei wichtige Dinge auf dem Programm standen, legte ich viel Wert auf korrektes Auftreten. Ich würde Linda die Kündigung zum Ende des Jahres aussprechen und den Vertrag in trockene Tücher bringen und damit auch eine Expansion unserer deutschen Firma in die Wege leiten.
Also nahm ich mir noch die Zeit, meinen Bart zu trimmen und meine Haare ordentlich zu frisieren, bevor ich mit Anzug und Krawatte den Weg ins Büro antrat.
Es war neun Uhr, als ich dort ankam.
Sue war im Konferenzraum mit den letzten Feinarbeiten beschäftigt. Niklas, der uns nicht wirklich eine Hilfe gewesen war, war noch nicht da, so ging ich direkt zu Simon, um mit ihm zusammen das

Kündigungsgespräch mit Linda zu führen.
Simon war die ganze Sache sichtlich unangenehm, er war zu konfliktscheu für solche Aufgaben. Aber da er derjenige gewesen war, der Linda eingestellt hatte, sollte er nun auch dabei sein, wenn sie gekündigt wurde. Insgeheim hatte ich das Gefühl, dass zwischen den beiden mal etwas mehr als eine reine Geschäftsbeziehung gewesen sein musste – wogegen ja grundsätzlich nichts sprach. Aber wenn dieses Verhältnis sich dann so auswirkt, dass der vermeintliche Chef seiner Mitarbeiterin alles durchgehen ließ, dann war es nicht mehr tragbar.
Ich wollte das Gespräch schnell hinter mich bringen, am liebsten innerhalb von fünf Minuten, denn ich wollte noch mit Sue reden, bevor das Meeting begann. Ich wollte mich vergewissern, dass alles in Ordnung war zwischen uns!

Natürlich hatte ich meine Rechnung ohne Linda gemacht. Kaum, dass wir das Wort Kündigung in den Mund genommen hatten, wurde die Unterhaltung unschön. Sie fuhr ihre Krallen aus, beleidigte uns beide, stichelte gegen Sue und die gesamte Firma und hatte sogar die Dreistigkeit, Simon an den Kopf zu werfen „und dafür hab ich dir immer einen geblasen, dass du mich jetzt fallen lässt wie eine heiße Kartoffel?" - womit sich mein Verdacht in so mancher Hinsicht bestätigte und ich mir eine genaue Prüfung von Simon vornahm. Zumindest für später, denn jetzt ging es ins nächste Meeting.

Das verlief zum Glück und dank Sues hervorragender Arbeit reibungslos.
Nach fast zwei Stunden Smalltalk wurde der Vertrag wie vorher besprochen unterschrieben. Und zur Feier

dieses Abschlusses gingen wir mit unseren neuen Partnern essen.

- Sue -

Im Restaurant angekommen sorgte ich durch ein geschicktes Manöver dafür, dass Nate und ich weder nebeneinander noch direkt gegenüber saßen. Ihm jetzt gegenüber zu sitzen, das hätte ich nicht ausgehalten. Schon während der Besprechung hatte ich gemerkt, dass er meinen Blick gesucht hatte, er beobachtete mich und ich war nicht bereit, ihm schon entgegenzutreten. Meine Aktion gestern war dumm gewesen, echt bescheuert. Ich hatte letzte Nacht kaum geschlafen und zwischen zwei Alternativen hin- und hergeschwankt.
Alternative 1: ich stieg sofort zu Nate ins Bett und beendete damit alles Grübeln,
Alternative 2: ich vergaß das Ganze sofort, ein Loch im Boden tat sich auf und verschluckte mich auf der Stelle …
Aber weder das eine noch das andere war passiert, stattdessen hatte ich wach gelegen und mir alle möglichen anderen Szenarien vorgestellt.
Und nun – nun hatte ich Angst vor der eigenen Courage.
Was würde passieren, wenn wir heute Abend wieder in der Wohnung waren, allein?
Der Kuss hatte mir etwas bedeutet.
„Sue …?"
Nates Stimme riss mich aus meinen Gedanken.
„Was?"
„Ich sagte nur gerade, dass du auch weiterhin als Ansprechpartner zur Verfügung stehen würdest in Zukunft – auch wenn ich bald zurück in die Staaten muss."
Da war sie wieder, die Erinnerung – Nate würde zurück fliegen und es klang so, als würde er es lieber heute als

morgen tun.

Ich wich seinem Blick aus, sah stattdessen unseren neuer Vertragspartner an und schenkte ihm mein bestes Lächeln.

„Aber natürlich, ich freue mich schon auf unsere Zusammenarbeit!"

Ich betrachtete ihn genauer, bisher hatte ich eher nicht aufs Äußere geachtet, ich war zu abgelenkt von Nate gewesen, aber ich musste in Zukunft ohne ihn zurechtkommen.

Mein Gegenüber war ein durchaus attraktiver Mitvierziger, leicht ergraute Schläfen, kein Hungerhaken, auch nicht dick, ziemlich gut gebaut. Er hieß Thomas Bauer, ihm gehörte die Firma, mit der wir in Zukunft zusammenarbeiten würden und er hatte bei diversen Gelegenheiten in den letzten Wochen versucht, mit mir zu flirten. Ich war niemals darauf eingegangen.

Wollte ich es jetzt?

Eigentlich nicht. Aber als kleine Ablenkung zu diesem ewigen Grübeln wäre es vielleicht ganz nett, wenn auch im höchsten Maße unprofessionell!

Ich konnte nur hoffen, dass diese ganze Veranstaltung hier bald zu Ende sein würde. Auf der anderen Seite bedeutete das, dass ich dann mit Nate alleine zu Hause sein würde.

Ich saß so tief in der Scheiße ... und nur ein Wunder konnte mich retten – oder eben doch ein Erdloch?

- Nate -

Das Essen hatte sich endlos hingezogen.
Dieser Thomas Bauer hatte keine Gelegenheit ausgelassen, seine Aufmerksamkeit Sue zu widmen, die neben ihm saß. Mir war das gegen den Strich gegangen, zumal Sue mir gegenüber ziemlich zurückhaltend war. Aber etwas anderes hätte ich in dieser Runde auch nicht von ihr erwartet. Im Büro hatten wir immer einen professionellen Abstand gewahrt.
Aber nun waren wir wieder zu Hause und sie hatte sich kurz in ihr Zimmer zurückgezogen, um sich umzuziehen.
Gleich würde der Abend uns gehören, vielleicht konnten wir beenden, was Sue gestern begonnen hatte?
Je öfter ich darüber nachgedacht hatte, dass sie die Initiative ergriffen und mich geküsst hatte, desto mehr kam ich zu der Erkenntnis, dass sie nun ihre Bedenken vielleicht überwunden hatte und sich einem „uns" öffnen würde.
Apropos „öffnen", gerade wurde an der Haustür Sturm geklingelt. Ich fragte mich, wer das wohl sein könnte. Seit ich hier wohnte, hatte Sue nur wenig Besuch, und schon gar keinen unangekündigten gehabt.
Neugierig ging ich zur Tür und öffnete sie.
„Hi, Sie müssen Nate sein, Mama und Sue haben uns von Ihnen erzählt. Wo ist Sue? Sie hat ein paar Sachen bei uns liegen lassen, als sie bei uns übernachtet hat. Wir haben Mama versprochen, die Sachen kurz vorbei zu bringen und dann wieder heim zu kommen. Morgen ist Schule.
SUEEEE, wo bist du?"
Ich war völlig erschlagen von den Eindrücken, von dem Wortschwall, der von den beiden Kindern ausging, die

da vor mir standen und sich schon halb an mir vorbei gedrückt hatten. Ich starrte die beiden mit offenem Mund an und sie starrten zurück, sie wunderten sich wohl über mein Nicht-Reagieren. Aber wie konnte ich, was konnte ich sagen? Die Augen, in die ich starrte, die Gesichter, die ich mit unverhohlenem Schock studierte, es waren die Augen meines Bruders, das Gesicht meines Bruders. Man hätte die Kinderfotos austauschen können und hätte es nicht gemerkt. Diese Kinder mussten Dylans Kinder sein, wie war das möglich?
Wie konnte mein Bruder Kinder haben?
War es eine Halluzination?
In diesem Moment kam Sue in den Flur. Meine Reaktion schien sie gar nicht zu sehen, sie hatte nur Augen für die Kinder, die ihr nun mit einem weiteren Wortschwall eine Tüte in die Hand drückten und mit denen sie noch ein paar Minuten redete, bevor sie wieder gingen.
Auch als die beiden die Wohnung wieder verlassen hatten, stand ich immer noch im Flur. Sue sah mich fragend an.
Ich war wie vor den Kopf gestoßen. Was sollte ich glauben, denken?
Ich riss mich zusammen und fasste Sue an den Schultern.
„Wer waren die beiden? Sue - wer waren diese Kinder? Wer ist ihr Vater?"
„Nate, du tust mir weh, lass mich los! Was hast du?"
Ich hatte gar nicht mitbekommen, dass ich Sue geschüttelt hatte.
Sie sah mich total geschockt an.
„Sue, du musst mir sofort sagen, wer der Vater der Jungs ist!"
„Ich habe dir schon mal gesagt, dass das Elas Geschichte ist. Wieso willst du das überhaupt wissen?"

„Du verstehst das nicht, Sue, ich MUSS es wissen – hieß ihr Vater Dylan?"
Nun war es an Sue, mich entgeistert anzusehen.
„Wieso, woher …", fing sie stotternd an.
„Ich muss zu Ela, jetzt sofort, bitte, bringst du mich hin?"
„Nate, was ist los? Wieso bist du so aufgekratzt, was regt dich so auf?"
„Ich kann jetzt nicht klar denken, bring mich zu Ela!"
Ich merkte, wie ich die Geduld verlor, meine letzten Worte waren auch immer lauter geworden, ich hatte Sue fast angeschrien, sie war sichtlich zusammengezuckt.
„Bitte, Sue, ich erkläre dir alles, aber ich muss mit Ela sprechen… ich glaube, die Jungs sind meine Neffen!"
Nun war es raus.
Sue sah mich wie vom Donner gerührt an.
Aber in meinem Kopf machte nun alles Sinn – Elas Reaktion auf mich und auch Davids Blick. Aber wenn Ela damals mit Dylan zusammen gewesen ist, wenn sie schwanger von ihm gewesen war, wieso hatten wir nichts von ihr gewusst, wieso hatte sie sich nicht bei uns gemeldet?

Mittlerweile saßen wir in meinem Auto, irgendwie hatte Sue es wohl geschafft, mich dorthin zu bringen und loszufahren.
Mir kam das alles wie im Traum vor.
Wer hatte die Mail geschrieben?
Wieso hatte man uns so im Dunkeln gelassen?

Die Fahrt dauerte nicht lange. Dann hielten wir vor einem kleinen zweistöckigen Haus. Im Vorgarten lagen Räder und Roller.
Wie benebelt stieg ich aus und folgte Sue zum Eingang.

Sie klingelte und kurz darauf öffnete Ela die Tür.
„Hi, was treibt euch hierher?", begrüßte sie uns.
Ich starrte sie an. „Wie heißt der Vater deiner Söhne?", brach es aus mir heraus.
Nun war es an Ela, zu starren.
Mit so einer Begrüßung hatte keiner gerechnet und Ela bestimmt am allerwenigsten.
Nach einigen Augenblicken fand sie ihre Stimme wieder.
Doch was sie dann sagte, damit hatte nun wieder ich nicht gerechnet.
Sie hatte Tränen in den Augen, schlug die Hand vor den Mund und sagte nur: „Du bist sein Bruder, oder? Du bist Dylans Bruder!" Mit diesen Worten fiel sie mir in die Arme und fing an zu weinen.

- Sue -

Ich fühlte mich fehl am Platze. Ich wusste nicht, wohin mit mir, diese Szene war nicht für meine Augen bestimmt!
War es das, was Nate die ganze Zeit so beschäftigt hatte?
Wie konnte er Dylans Bruder sein? Hatte er mich nur benutzt, um an Ela ran zu kommen? Aber dann hätte er doch schon früher Kontakt zu ihr aufgenommen.
Nein, er hatte es eben erst gemerkt, als er Tom und Noah gesehen hatte.
Die beiden kamen jetzt auch zusammen mit Sam an die Tür, doch nachdem Sam einen Blick auf Ela geworfen hat, lenkte er die beiden ab und forderte sie zu einem Computerspiel heraus – ein besseres Ablenkungsmanöver gab es kaum!
Wir drei anderen gingen ins Wohnzimmer – eigentlich gingen Ela und Nate und ich dackelte hinterher.
Während Nate und Ela sich aufs Sofa setzten und sofort anfingen, über Dylan zu reden, setzte ich mich in einen Sessel und hörte nur zu.
Ela erzählte, wie sie sich in Dylan verliebt hatte, von ihren Plänen, dass sie ihm in die Staaten folgen wollte, von der überraschenden Schwangerschaft kurz vor seiner Rückkehr nach Atlanta, vom Flug und dem Anruf vom Flughafen, dass er nicht abgeholt werden könnte und einen Mietwagen nehmen würde. Wie sie dann Tage später von der Schwester erfahren hatte, dass Dylan einen Unfall gehabt hatte und tot war. Und dass das Handy dann ausgestellt war und sie Dylans Familie nicht mehr hatte erreichen können.
Sie erzählte nur wenig davon, dass sie finanziell am

Ende gewesen sei und lange von der Hand in den Mund gelebt hatte.

Nates Miene wurde während der Erzählung immer verschlossener, trauriger, gequälter. Und dann brach es aus ihm heraus: „Ela, wir wussten nichts von dir oder der Schwangerschaft. Dylan hatte uns nur erzählt, dass er eine tolle Frau kennengelernt habe und uns alles zu Hause erzählen wolle. Wir kannten deinen Namen und deine Geschichte nicht. Es tut mir so leid, es tut mir so leid!"

Er fing an zu weinen. Bevor ich reagieren konnte, nahm Ela ihn in den Arm.

Ich war überflüssig – er brauchte mich nicht, er hatte seine Fastschwägerin, um ihn zu trösten.

„Nate, du kannst doch nichts dafür!"

„Doch, ich bin schuld, wegen mir ist Dylan in dieses verfluchte Mietauto gestiegen, weil ich keine Lust hatte, zum Flughafen zu fahren um ihn abzuholen. Ich habe ihn getötet!"

Die letzten Worte schrie er fast raus, so als wollte er sicherstellen, dass wir ihn auf jeden Fall hörten.

Ela nahm ihn in den Arm und hielt ihn. Es war, als wären die beiden alleine im Raum. Ich glaube, so fühlten sie sich auch. Sie waren alleine mit ihrem Schmerz und ihrer Trauer – ich war der Zaungast der Geschichte.

Nach einiger Zeit beruhigte sich Nate und Ela fragte ihn, warum er jetzt, nach dieser langen Zeit nach Deutschland gekommen sei.

Da erzählte Nate von einer eher nichtssagenden Mail an seinen Vater, in der er gefragt worden sei, ob er einen Dylan McCabe kennen würde. Statt auf diese Mail zu reagieren, hatte sein Vater ihn gebeten, nach Deutschland zu fliegen und zu versuchen, etwas herauszufinden. Die Mail sei nur mit einem „S"

unterschrieben gewesen.
Sie hätten seinen Aufenthalt mit der Überprüfung der deutschen Tochterfirma verbunden, auch als Alibi für Nate, wenn man ihn fragte, warum er in Deutschland sei.
„Aber Sue hat mir erzählt, dein Name wäre Jonathan Miller?"
„Wir hatten keine Ahnung, wer die Mail geschrieben hatte, ob eine Erpressung oder was auch immer dahinter steckt, deshalb habe ich den Mädchennamen meiner Mutter benutzt. So konnte keiner wissen, wer ich bin."
„Die Sache mit der Mail kann ich aufklären," hörte ich Sams Stimme von der Tür.
Wir drehten uns zu ihm um.
Er kam ins Zimmer, setzte sich hinter Ela aufs Sofa und zog sie in seinen Schoß.
„Die Jungs habe ich vor den Fernseher gesetzt, dieses Gespräch geht sie erstmal nichts an – später erzählen wir ihnen alles.
Ich habe die Mail geschrieben. Ich habe mir selber versprochen, Ela eine Familie zu geben und Dylans Verwandte in den USA zu suchen. Ihr ward nicht die einzigen, die die Mail bekommen haben. Ich wollte aber nicht direkt von Ela und den Jungs erzählen, sondern hatte nur auf Rückmeldungen gehofft. Die meisten antworteten, dass ihnen dieser Name nichts sagen würde und von anderen bekam ich keine Antwort. Ich hätte nicht damit gerechnet, dass jemand auf Grund der Mail nach Deutschland kommen würde!"
„Dylans Tod hat meine Familie fast zerstört, wir waren alle so voller Trauer und Schuldgefühle und schoben uns gegenseitig den schwarzen Peter zu. Mich warf es ziemlich aus der Bahn, denn wenn ich nur nicht so faul gewesen wäre und ihn abgeholt hätte, dann würde er

noch leben …"
Nates Stimme brach, aber er fasste sich schnell wieder, Ela hatte seine Hand genommen, um ihn zu beruhigen.
„Als die Mail kam, bat mein Vater mich, der Sache nachzugehen, herauszufinden, wer sich nach all den Jahren noch an meinen Bruder erinnerte. Nie hätte ich damit gerechnet, dass Dylan Kinder hat. Ich kann es selber noch kaum glauben, was ich hier herausgefunden habe. Ich dachte mir zwar, dass du und auch David Dylan gekannt haben mussten, eure Reaktion auf mich zeigte mir das. Ich wollte am Sonntag auf der Geburtstagsfeier mit euch reden, euch fragen, wie und woher ihr ihn kanntet. Wir hatten so wenig Kontakt mit ihm in seiner Zeit hier. Aber diese Entwicklung …, damit hatte ich nicht gerechnet!
Darf ich die beiden kennenlernen? Heute nicht mehr, das wäre zu viel für mich – darf ich morgen Zeit mit ihnen verbringen? Würdest du ihnen erzählen, dass ich ihr Onkel bin?
Oh Gott, das kann ich meinen Eltern nicht am Telefon erzählen, ich muss zurück fliegen und ihnen alles erzählen. Sie müssen das wissen …"
Ich hörte nicht mehr weiter zu.
Ich stand auf und ging. Keiner bemerkte, dass ich nicht nur den Raum, sondern auch das Haus verließ.
Ich ging nach Hause, wohin sollte ich auch sonst?
Nate war so gefangen von der Neuigkeit, dass er mich seit dem Betreten des Hauses nicht mehr angesehen hatte.
Hätte er mir vertraut, mir von der Suche nach Spuren seines Bruders erzählt, dann hätte ich ihm schon vorher helfen können. Aber es war, wie er es gestern gesagt hatte: sein Leben, seine Probleme gingen mich nichts an. Er wollte nicht, dass ich wirklich an seinem Leben teil hatte. Und nun hatte er bekommen, weshalb er nach

Deutschland gekommen war – er hatte das Rätsel um die Mail aufgeklärt, er hatte viel mehr gefunden, als er erwartet hatte und nun würde er nach Hause – zu seinem richtigen Zuhause – fliegen.
Ich gönnte ihm das alles, aber es tat auch weh, dass er mich darüber so schnell vergessen hatte.
In meiner Wohnung angekommen, gönnte ich mir eine lange heiße Dusche, irgendwie wollte ich den Schmerz wegwaschen. Das gelang mir aber natürlich nicht.
In Yogahose und Top legte ich mich aufs Sofa und versuchte es mit Fernsehgucken. Aber auch das lenkte mich nicht wirklich ab.
Ich merkte, wie meine Tränen kamen – warum genau, konnte ich gar nicht sagen.
Aus Enttäuschung darüber, dass ich Nate nicht genug bedeutete, um mich einzuweihen.
Aus Angst davor, wieder alleine zu wohnen.
Aus Wut über mich selber, dass ich mich nicht einfach nur für Nate und seine Familie freuen konnte.
Aus Liebe diesem Mann gegenüber, die er aber nicht erwiderte.
Es gab viele Gründe und doch passte keiner so richtig.
Die letzten Wochen waren emotional so voll gewesen, ich wusste nicht mehr, was ich noch denken und fühlen sollte.
Mit diesen Gedanken und Tränen schlief ich auf dem Sofa ein.

Als ich wieder wach wurde, war es draußen schon dunkel und ich lag nicht mehr auf dem Sofa, statt dessen lag ich in Nates Armen. Er hatte mich wohl gerade vom Sofa hochgehoben und trug mich in Richtung Schlafzimmer.
Als er mich auf meinem Bett ablegen wollte, nahm ich allen Mut zusammen – ich wollte ihn, egal, ob er mich

auch wollte. Aber ein Mann würde das Angebot wohl kaum ausschlagen.
Er würde zurück in die Staaten gehen, mich vergessen und ich wollte das alles vergessen und wenn nur für kurze Zeit.
„Lass mich nicht alleine heute Nacht, Nate, bitte!"
Ich merkte, wie er kurz zögerte, dann legte er mich in mein Bett, zog seine Sachen aus und legte sich zu mir. Er zog mich an sich, küsste mich auf die Schläfe und flüsterte mir „sleep well, we'll figure it out!" zu. Und tatsächlich schlief ich sofort wieder ein.

- Nate -

Ich hatte so lange mit Ela über Dylan geredet, dass ich am Ende des Abends ganz heiser war. Es hatte so gut getan, mit jemandem so offen und frei über Dylan zu reden. Bei mir zu Hause ging das kaum, viel zu schnell waren wir dann wieder am Tag des Unfalls angekommen. Aber mit Ela war es fast so, als würde ich meinen Bruder neu kennenlernen.
Ich hatte nicht mitbekommen, dass Sue gegangen war. Ich wusste auch nicht, wann sie gegangen war. Ich war sauer auf mich, dass ich sie so hatte links liegen lassen und ich war enttäuscht von ihr, dass sie gegangen war, ohne Bescheid zu geben.
Aber dann wieder auch nicht – ich hatte sie kaum mehr beachtet, seit wir bei Ela angekommen waren.
Ich war verwirrt – die ganze Situation war so unwirklich, so seltsam.
Ich hatte mit Sue reden wollen, als ich in ihrer Wohnung angekommen war. Doch ich fand sie schlafend im Wohnzimmer, die Augen gerötet, die Wangen nass, als hätte sie geweint.
Ich wollte sie in ihr Bett tragen. Sie fühlte sich so gut an in meinen Armen. Und dann hat sie mich gebeten, sie nicht alleine zu lassen!
Ich war wie vom Donner gerührt ..., sie wollte nicht alleine sein. Ich ehrlich gesagt auch nicht.
Und so lag ich nun in ihrem Bett, hatte sie im Arm. Sie schlief, atmete ruhig und kuschelte sich im Schlaf eng an mich heran. So, als wollte sie mich spüren.
Ich war fest davon überzeugt, in dieser Nacht keinen Schlaf zu bekommen, aber das war es mir wert. Sie fühlte sich so gut an in meinem Arm, dass ich gerne auf Schlaf verzichten würde!

Ich konnte die ganze Nacht hier liegen und sie beobachten.

2. September 2016

- Sue -

Ich wurde wach und brauchte einen Moment, um mich zu erinnern, was alles passiert war.
Nate war Dylans Bruder, Elas Kinder waren seine Neffen, er würde so schnell wie möglich nach Hause fliegen. Ich war alleine nach Hause gegangen und weinend auf dem Sofa eingeschlafen.
Nate war irgendwann zurück gekommen und hatte mich ins Bett getragen. Dann hatte ich ihn gebeten, mich nicht alleine zu lassen und er war zu mir ins Bett gekrochen.
Ich bewegte mich vorsichtig, wollte wissen, ob er noch da war.
„Good morning, beautiful! Hast du gut geschlafen?"
Ich öffnete ein Auge, dann das andere und sah Nate, der neben mir lag und mich beobachtete.
Ich drehte mich zu ihm und sah ihn an. Er trug kein Shirt und zum ersten Mal sah ich ihn nackt und von Nahem.
Die Decke war bis zu seiner Hüfte runtergerutscht, ich hatte einen guten Blick auf zwei seiner Tattoos.
Der Adler auf der Schulter spreizte seine Flügel, als wollte er gerade losfliegen. Das Datum darin war der 6. März 2008 – Dylans Todestag. Das wusste ich. Ich fuhr das Datum nach, ohne Nate dabei anzusehen.
Dann glitt mein Blick tiefer, zu dem lateinischen Spruch.
Auch ihn fuhr ich nach.
„Istud, quod tu summum putas, gradus est" stand da.

Dafür reichte mein Schullatein nicht mehr.
Ich hob meinen Blick – Nate beobachtete mich, ließ mich aber gewähren.
„Was bedeutet das?"
„Es ist ein Spruch von Seneca. 'Was du für den Gipfel hältst, ist nur eine Stufe'. Ich war nach Dylans Tod so fertig, traurig, wütend auf die Welt, ich habe nur noch gesoffen, gekifft, gefeiert, alles getan, um zu vergessen, meine Schuldgefühle, die Anklagen meiner Eltern – dabei hatten sie ja auch keine Zeit gehabt, ihn abzuholen. Ich fühlte mich wie der Sündenbock für alles. Ich bin mehr als einmal im Krankenhaus gelandet in dieser Zeit, entweder weil ich mich geprügelt hatte oder weil ich einfach zu viel gesoffen hatte, einmal auch, weil ich bekifft gedacht hatte, ich wäre unsterblich. Also war ich aus einem fahrenden Auto gesprungen – und hatte mir das Bein gebrochen. Es war eine beschissene Zeit. Das Ganze gipfelte darin, dass ich mit meiner kleinen Schwester im Auto einen Unfall gebaut habe – angetrunken. Erst ihre Frage, ob ich sie und mich auch töten wolle, ließ mich aufwachen. Ich begann einen Entzug, änderte meinen Freundeskreis – es war eine harte Zeit, härter als die Zeit davor, denn ich brauchte all meine Kraft dafür. Diesen Satz hat mein Pate bei den Anonymen Alkoholikern immer zu mir gesagt – er war Collegeprofessor. Er soll mich immer daran erinnern, dass mein Weg aus dem Sumpf heraus nie ganz zu Ende sein wird. Denn es ist immer leichter, in alte Gewohnheiten zurückzufallen statt immer weiter an sich selber zu arbeiten ….
Wieso bist du gestern Abend einfach gegangen?"
„Du warst so gefangen in deinem Gespräch mit Ela, in deinen Erinnerungen an deinen Bruder. Ich fühlte mich da fehl am Platze. Es war eure Geschichte, es waren eure Erinnerungen, ihr hattet euch so viel zu erzählen.

Es war nicht mein Leben, nicht meine Geschichte, ich gehörte da nicht hin."
„Sue, so ist das nicht. Es war nur für mich auch alles so neu, komisch, seltsam, dass ich nicht wusste, was ich tun sollte. Ich …"
„Es ist gut, Nate, ich kann mir gar nicht vorstellen, was die Sache mit dir macht. Ich bin nicht sauer oder böse, ich kann dich ja verstehen, dass du durcheinander und neugierig bist!"
Während er mir das alles erzählt hatte, hatte er mich gestreichelt, über den Rücken, meine Seite, meine Arme. Ich wollte mehr, mehr von diesen Berührungen. Deshalb reckte ich ihm mein Gesicht entgegen. Er verstand und verringerte den Abstand zwischen uns, bis unsere Münder sich trafen und wir uns küssten.
Ich weiß nicht, wie lange wir in meinem Bett lagen, uns küssten, uns berührten, die Nähe des anderen genossen, unsere Körper erkundeten.
Es war Nate, der verhinderte, dass wir weitergingen.
Er bremste uns, legte seine Stirn an meine.
„Sue, du kannst dir nicht vorstellen, wie gerne ich jetzt mit dir schlafen würde. Aber es wäre weder richtig noch fair. Wir haben nicht die Zeit, die ich gerne hätte und wenn – wenn, nicht falls! - wir miteinander schlafen werden, dann soll es perfekt sein. Dann haben wir Zeit, müssen nicht zur Arbeit. Denn genau da müssen wir in einer Stunde hin – und heute Nachmittag bin ich mit Ela und den Jungs verabredet. Und für morgen Abend habe ich meinen Rückflug gebucht. Ich muss nach Hause, ich muss meinen Eltern von Tom und Noah und Ela erzählen. Das verstehst du doch, oder?"

Da war sie wieder, die Realität – Arbeit und seine Familie, das war es, was für ihn zählte.
Ich gönnte mir einen letzten Kuss und stand auf.

„Dann lass uns mal duschen, damit wir nicht zu spät ins Büro kommen!", meinte ich lachend. Mir war zwar mehr zum Weinen zu Mute, aber er schien das nicht zu merken.
Als ich aus der Dusche kam, hatte Nate mir schon meinen Kaffee gekocht und ging nun auch duschen.
Noch bevor er damit fertig war, war ich schon auf dem Weg ins Büro. Da er den Nachmittag mit Ela verbringen wollte, würde er mich sowieso nicht im Auto mitnehmen können. Da konnte ich auch gleich selber fahren, ohne auf ihn zu warten.

Tatsächlich hatte ich Nate den ganzen Tag nicht gesehen.
Im Büro wollte scheinbar jeder etwas von ihm und nach der Mittagspause war er nicht zurück gekommen.
Nun war es 22.00 Uhr und ich gab das Warten auf.
Wieso hatte ich mir auch Hoffnungen gemacht – er hatte mir doch deutlich gemacht, wo seine Prioritäten lagen, oder?
Also zog ich mich aus und legte mich ins Bett. Ich nahm meinen Reader mit, stellte aber nach kurzer Zeit fest, dass ich scheinbar seit Wochen nicht gelesen hatte, zumindest konnte ich mich gar nicht an das angefangene Buch erinnern.
Konzentrieren konnte ich mich sowieso nicht, also machte ich das Licht aus und es dauerte zum Glück nicht lange, bis ich eingeschlafen war.

Gefühlt hatte ich kaum geschlafen und zuerst fragte ich mich auch, ob ich träumte. Aber nein, es war kein Traum – mein Wecker zeigte 23.20 Uhr, als Nate zu mir ins Bett schlüpfte, mich an sich zog, mir einen Kuss

gab und meinte, ich sollte einfach weiterschlafen.
Und mein Hirn, mein Verstand und mein Körper machten genau das. Es fühlte sich so gut, so richtig, so sicher, so normal an, dass ich in seinen Armen lag, dass ich mich innerhalb kürzester Zeit an ihn rankuschelte und weiterschlief.

3. September 2016

- Nate -

Ich war gestern Abend ohne groß nachzudenken in Sues Bett gestiegen und es hatte mich wieder erstaunt, wie selbstverständlich und voller Vertrauen sie sich an mich gekuschelt hatte. Anders als in der vergangenen Nacht war auch ich schnell eingeschlafen. Doch ich war früh aufgewacht und lag nun schon lange wach.
Mein Leben hatte sich in den letzten Wochen, aber vor allem in den letzten Tagen, so stark verändert. Von Anfang an hatte ich einen besonderen Draht zu Sue gehabt, neben der eindeutig sexuellen Anziehung hatte sie eine Art, die meine Dämonen von Anfang an beruhigt hatte.
Die Arbeit im Büro, die weniger Verwaltung als mehr den direkten Kontakt zu Kunden und Kollegen beinhaltete – so anders als in den Staaten. Ich genoss die Arbeit hier, sie gab mir mehr als die Arbeit in Atlanta.
Und nun das – der Tag gestern mit Ela und den Jungs war einfach wundervoll gewesen. Sam und Ela hatten die beiden auf mich vorbereitet. Sie hatten viel Fragen über meine Familie, über ihren Vater. Sie begriffen so langsam, dass sie weit weg von hier Großeltern, eine Tante und mich als ihren Onkel hatten. Bisher hatten sie keine leiblichen Verwandten gehabt. Sie waren neugierig, wollten meine Familie kennenlernen. Ich versprach ihnen, sobald ich morgen in Atlanta angekommen sein würde und meinen Eltern von ihnen erzählt hatte, ein Skypegespräch zu führen. Quasi als

Geburtstagsgeschenk – Himmel, ich hatte achtjährige Neffen. Wie sollte ich das meinen Eltern klarmachen?
Ela und Sam hatten mich auch für heute eingeladen und wenn ich ehrlich bin, dann konnte ich es kaum erwarten, den Tag mit ihnen zu verbringen.
Sue würde das verstehen, denn wie sollte ich mich von meiner neu gefundenen Familie fern halten?
Leider bedeutete das, dass ich kaum Zeit für Sue haben würde, aber diese Zeit würden wir nachholen. Ich würde sie einfach heute mitnehmen und wir würden zusammen Zeit verbringen!

Ich beobachtete, wie die Frau in meinen Armen langsam wach wurde. Es war süß anzusehen, wie sie langsam, ganz langsam Schicht für Schicht des Schlafs abstreifte. Sie kräuselte die Stirn, rümpfte die Nase, juckte sich am Kinn, kuschelte sich noch mal an mich heran, rieb sich wie eine Katze an mir und öffnete zuerst das eine, dann das andere Auge.
„Hi, sleepy head, how are you?", fragte ich sie und küsste sie auf die Nase.
Von ihr kam nur eine Art Schnurren, wobei sie sich noch näher an mich rankuschelte.
Ich hätte niemals gedacht, dass sie so ein „snuggler" (ich musste mal schauen, was das in Deutsch hieß … - Kuschler??) wäre.
„Magst du einen Kaffee? Wir sind bei Ela und Sam zum Frühstück eingeladen. Ich möchte heute noch Zeit mit meinen Neffen verbringen, bevor ich zum Flugzeug muss. Das verstehst du doch, oder?"
Ich küsste sie noch mal. Täuschte ich mich oder versteifte sie sich kurz bei dieser Frage?
Aber als Antwort vertiefte sie dann den Kuss.
Als ich den Kuss beendete, sah sie mir in die Augen und meinte: „Du, es tut mir leid, ich hab heute keine

Zeit. Ich habe meiner Mutter versprochen, heute vorbei zu kommen. Mein Vater hat Geburtstag und wir wollten zusammen essen gehen. Verbring du mal Zeit mit den Zwillingen, ihr habt viel Zeit nachzuholen!"

„Ja, aber, ich wollte auch Zeit mit dir verbringen …", protestierte ich. So hatte ich mir meinen letzten Tag in Deutschland nicht vorgestellt. Aber was sollte ich machen?

Sie hatte Pläne, die schon länger bestanden, die schon bestanden hatten, als mein Abflug nicht klar war, als ich noch nichts von der Existenz meiner Neffen wusste.

Sue stand jetzt einfach auf und beendete damit jede Unterhaltung.

- Sue -

Ich verdiente einen Oskar!
Ich war einfach aufgestanden und ins Bad gegangen.
Ich hatte geduscht und mich angezogen.
Ich hatte noch einen Kaffee mit Nate getrunken und ihm einen Abschiedskuss gegeben. Einen Abschiedskuss, in den ich alles an Gefühl gelegt hatte, was ich hatte. All meine Liebe für ihn, all meine Angst, meinen Schmerz, ich kniff dabei die Augen zusammen, denn die Tränen standen nah an der Oberfläche.
Lag ich falsch? Tat ich ihm unrecht?
Ich freute mich für ihn, dass er eine Verbindung zu Dylan gefunden hatte, dass er seine Neffen gefunden hatte. Aber wenn er sich unseren letzten Tag so vorstellte, dass ich ihm zuhörte, wie er über Dylan redete und mit den Zwillingen spielte, dann konnte ich das nicht.
Ich würde ihn heute nicht mehr sehen – keine Ahnung, wann und ob ich ihn wiedersehen würde, ich würde heute nicht nach Hause kommen, das würde ich nicht schaffen.
Ich war ohne Zweifel in ihn verliebt und er hatte eine tolle Zeit mit mir gehabt, mehr nicht. Für ihn waren wir nichts Ernstes. Seine Familie, der Job, das waren die Dinge, die ihn antrieben, ich war es nicht.
Ich wusste, dass ich zusammenbrechen würde, ihn anflehen würde, nicht zu gehen, mich nicht zu verlassen. Aber das konnte ich ihm nicht antun. Er würde zu seiner Familie fliegen, ihnen von Dylans Kindern erzählen. Das hatte er verdient nach all den Jahren des Schmerzes. Das würde ich ihm nicht nehmen. Ich kannte ihn gerade mal vier Wochen, ich hatte keinerlei Recht, ihm Steine in den Weg zu werfen.

Nun saß ich im Bus zu meinen Eltern.
Um mich abzulenken, hatte ich zwar meinen Reader wieder eingesteckt, aber dann hatte ich mich doch für Musik entschieden, laute, satte Heavy Metal Klänge dröhnten aus den Kopfhörern und schafften es, mich wegzutragen.

Die Fahrt zu meinen Eltern dauerte nicht annähernd lange genug, um meine Gefühle unter Kontrolle zu bringen. Bevor ich aus dem Bus stieg, schaltete ich meine Handy aus. Ich wollte mit niemandem sprechen.
Die paar Meter von der Bushaltestelle bis zur Haustür nutzte ich, um mir eine gute Geschichte auszudenken, warum ich mit Klamotten für eine Übernachtung bei ihnen auftauchen würde.
Mir fiel nichts ein. (Natürlich hatte mein Vater heute nicht Geburtstag und keiner erwartete mich!)

Ich klingelte und wenige Minuten später öffnet meine Mutter.
„Susi, Mädchen, was treib dich hier her?"
„Darf ich meine Eltern nicht einfach besuchen wollen?"
Von hinten im Haus hörte ich meinen Vater rufen, seine Stimme kam näher, er kam auch in Richtung Haustür.
„Unangekündigt und mit einem Rucksack? Wen soll ich für dich erschießen?"
Scheiße, ich konnte so alt werden, wie ich wollte – wenn mein Papa bereit war, meine Kämpfe für mich auszufechten und zur Not die Bösen für mich zu erschießen, dann musste ich heulen.
Und genau das tat ich, ich warf mich in seine Arme und heulte.
„Er hat nichts falsch gemacht, ich bin schuld, ich wusste genau, worauf ich mich einlasse und habe es trotzdem getan. Ich hab mich verliebt, aber er liebt

mich nicht!"

„Was für ein Idiot – jeder Mann, der dich nicht liebt, hat dich nicht verdient!"

Ach ne, Väter und ihre Töchter.

Mit einem einziges Satz sagten sie alles, was es brauchte, um sich wieder wie eine kleine Prinzessin zu fühlen.

- Ela -

Nate kam pünktlich zum Frühstück zu uns, wie verabredet, aber ohne Sue.
„Hey, grüß dich, wo hast du Sue gelassen?"
„Sie ist zu ihren Eltern gefahren, ihr Vater hat wohl Geburtstag. Sie hatten Pläne für heute, sie konnte ja nicht wissen, dass ich heute Abend heim fliegen würde. Schade, aber da kann man nichts machen!"
Nate war gut gelaunt – ich wollte ihm diese Laune nicht verderben, aber ich wusste genau, dass Sues Vater heute definitiv nicht Geburtstag hatte. Ich wusste nicht genau wann, aber ich wusste, dass es nicht einen Tag vor meinen Söhnen war.
Ich konnte mir vorstellen, was in ihrem Kopf vorging. Während Nate Sam und seine Neffen begrüßte (es war ein komisches Gefühl, daran zu denken, dass Nate ein Blutsverwandter meiner Jungs war...), schrieb ich Sue schnell eine Nachricht. Wie ich befürchtet hatte: ihr Handy war aus.
Wir und vor allem Nate würden sie heute nicht mehr hören oder sehen.
Sie hatte mit Sicherheit das Gefühl, nicht wichtig genug zu sein. Mir war ihr Verhalten gestern schon komisch vorgekommen. Oder eigentlich auch nicht, denn Nate hatte sie keines Blickes mehr gewürdigt, kaum dass er bei uns war. Er hatte sich zu mir gesetzt, mir seine Geschichte erzählt von der Sue eindeutig keine Ahnung gehabt hatte. Er hatte nicht gemerkt, dass Sue gegangen war und hatte von unserem Rechner aus seinen Heimflug für heute Abend gebucht. Auch etwas, was Sue nicht mitbekommen hatte.
Für Sue musste das Ganze so wirken, als wären ihre Gefühle, ihre Meinung, ihre Anwesenheit uninteressant

für Nate.
Und nun Nates Reaktion auf die Tatsache, dass Sue heute keine Zeit für ihn hatte – an seinem letzten Tag.
Vielleicht hatte Sue ja recht und sie war für ihn nur ein Zeitvertreib gewesen?
Dann würde ich morgen die Scherben aufheben – für heute konnte ich nichts tun.
Ich konnte nichts an Nates Verhalten ändern, ich konnte nur beobachten, zuhören und Sue erzählen, wie er sich hier verhalten hatte. Versuchen daraus zu lesen, was sie ihm bedeutete.

Damit konnte ich schon nach weniger als einer Stunde anfangen, denn noch während des Frühstücks versuchte Nate Sue zu erreichen und hatte genauso wenig Erfolg wie ich.
„Kannst du dir vorstellen, warum Sue ihr Handy nicht an hat? Ich hab ihr geschrieben, wollte sie fragen, ob wir heute Abend noch zusammen essen gehen, bevor ich fliegen muss, aber sie reagiert nicht."
Was sollte ich ihm sagen? Sie würde nicht auftauchen, dafür kannte ich sie gut genug.
Ich hatte nur eine Chance.

Als Nate mit den Jungs durch den Garten tobte, rief ich Sues Eltern auf deren Festnetznummer an.
„Horst Schulz", meldete sich ihr Vater.
„Horst, hallo, hier ist Ela, kannst du mir mal bitte Sue geben?"
„Ela, ich weiß nicht, ob das so eine gute Idee ist, sie ist nicht gerade gut drauf und ich denke, du weißt warum."
„Bitte, gib sie mir kurz!"
„Susi – Telefon für dich …"
Eine Minute später hörte ich ein schweres Atmen.
„Ja, Sue hier?"

„Hör mal, Süße, Nate und ich haben versucht, dich auf dem Handy zu erreichen … "
Sie unterbrach mich mitten im Satz.
„Ich will ihn nicht sprechen, ich hoffe, er weiß nicht, dass du mich erreichen kannst?!"
„Keine Sorge, er weiß es nicht. Er ist voll auf die Jungs konzentriert."
Sue schluckte: „Und das ist auch gut so, er soll sich um seine Familie kümmern, er will seinen letzten Tag mit euch, mit ihnen verbringen, das kann ich voll verstehen. Ich würde mir wie das fünfte Rad am Wagen vorkommen, ich gehöre da nicht dazu. Ich hoffe, ihr habt einen schönen Tag. Ich bleibe über Nacht bei meinen Eltern und wir sehen uns dann morgen bei der Feier."

„Sue, bitte, er will heute vor seinem Flug mit dir essen gehen, deshalb will er dich erreichen."
„Davon hat er heute Morgen nichts gesagt. Er will mir sicher die Schlüssel für die Wohnung geben. Nimm du sie, ich kann ihn heute nicht sehen. Ich will ihm die Laune nicht verderben. Ich kann heute bestimmt keine fröhliche Miene aufsetzen. Tut mir leid, aber das schaff ich nicht! Genießt die Zeit zusammen. Er hat gefunden, wonach er gesucht hat. Nun kann er mit gutem Gefühl heim fliegen."
Sie legte einfach auf, aber ich hatte die Tränen in ihrer Stimme gehört.
Was sollte ich nur machen oder sagen?
Durfte ich mich hier einmischen? Aber was, wenn Nate tatsächlich nichts Tieferes für sie empfand?
Ich hatte nur noch einen halben Tag, um es herauszufinden.

- Nate -

Langsam machte ich mir Sorgen – es war schon Nachmittag, Sue hatte auf keine meiner Nachrichten reagiert, ihr Handy war immer noch aus und in zwei Stunden musste ich zum Flughafen fahren. Das Motorrad hatte ich schon morgens zum Verleiher zurückgebracht. Meine Koffer standen gepackt im Wohnzimmer. Ich hatte sogar mein Bett abgezogen, um Sue nicht unnötige Arbeit zu bereiten.
So langsam bekam ich Angst, dass wir uns vor meinem Abflug nicht mehr sehen würden. Ich hatte ihr aber doch gesagt, dass ich keinen Zweifel daran hatte, dass wir miteinander schlafen würden, nur nicht so, sondern in Ruhe, um es genießen zu können. Das zeigte doch, dass sie mir etwas bedeutete, denn sonst hätte ich die Gelegenheit einfach genutzt.
Ich musste zu meinen Eltern, musste ihnen persönlich von Tom und Noah erzählen und das musste ich sofort tun, das war doch klar.
„Ela, hast du was von Sue gehört? Ich erreiche sie immer noch nicht. Ich muss bald los, ich möchte sie aber noch mal sehen, ich muss mit ihr reden, bevor ich fliege. Denn ich weiß nicht, wann ich wiederkommen kann. Bestimmt werden meine Eltern mitkommen wollen und July auch um die Kinder kennenzulernen, aber das wird so schnell nicht möglich sein."
Ela sah mich an, als wollte sie mich etwas fragen, ließ es aber dann sein.
„Ich kann dir nicht helfen, Nate. Bist du dir sicher, dass Sue weiß, dass du sie sehen willst? Ich meine die letzten Tage ging es verständlicherweise um Tom und Noah – hast du mit ihr mal darüber geredet, was du von ihr willst?"

„Ich, ja ... ich denke schon, ich meine, wir hatten eine tolle Zeit zusammen, ich habe ihre Gesellschaft echt genossen, ich bin gerne mit ihr zusammen, wir haben uns geküsst, also sie hat mich geküsst und ..."
„Aber, Nate, weiß sie, was du wirklich willst?"
„Was soll die Frage? Wir kennen uns gerade mal vier Wochen, was soll ich wirklich wollen?"
„Okay, wenn du so denkst, dann kann ich dir auch sagen, dass du Sue heute nicht mehr sehen wirst. Sie wird nicht kommen, um mit dir zu essen. Du willst dich von ihr verabschieden, als Freund, als Mitbewohner, als Boss – schreib ihr einen Brief und wünsch ihr ein langes Leben. Den Schlüssel kannst du hier vorbei bringen oder in den Briefkasten stecken."
„Ela, vielleicht ist mein Deutsch doch nicht so gut, wie ich gedacht habe, ich verstehe nicht, warum du so reagierst und wieso Sue mich nicht sehen will!", ich war ziemlich erschrocken über diese Reaktion.
Wo war der Fehler? Was hatte ich falsch gemacht, dass Sue mich nicht sehen wollte?
Ela lachte trocken.
„Nate – was meinst du, wie es Sue geht, wenn du ihr Knall auf Fall sagst, dass du nach Hause fliegst, kaum dass du das Projekt abgeschlossen hast und den Grund für die Mail gefunden hast? Wo ist sie in deinem Plan? Was wusste sie von dir und deinen Plänen? Hattest du ihr von deiner Suche nach Erinnerungen an deinen Bruder erzählt? Wann hast du ihr erzählt, dass du fliegen würdest? Warum glaubst du, ist sie jetzt nicht hier?"
„Aber sie muss doch wissen, dass ich zurück kommen werde. Aber ich muss zu meinen Eltern, sie müssen von Tom und Noah erfahren, oder etwa nicht?"
„Natürlich müssen sie das, aber müssen sie das morgen? Müssen sie das, ohne, dass du mit Sue geredet

hast? Frag dich, warum du zurück kommen willst und frag dich, ob Sue das auch weiß."

„Sie muss doch wissen, dass ich wegen ihr zurück kommen will – und natürlich auch wegen der Jungs, aber vor allem wegen ihr. Sie muss doch spüren, dass sie mir etwas bedeutet."

„Und was genau hast du ihr gesagt? Was davon muss sie wissen und was davon weiß sie?"

Ich hatte keine Antwort.

„Darf ich euren Rechner noch mal benutzen?"

Ela nickte nur und verließ den Raum.

„Tom, Noah, kommt ihr mal bitte", in mir reifte ein Plan …

4. September 2016

- Sue -

Natürlich hatte ich in der letzten Nacht nicht geschlafen. Nate würde jetzt schon fast bei seinen Eltern sein, ihnen von ihren Enkeln erzählen und von weitem auf deren Geburtstag anstoßen.
Ich ging in mein altes Kinderbadezimmer und versuchte, mich halbwegs zurecht zu machen um gleich bei der Geburtstagsfeier nicht allzu fertig auszusehen.
Ich hatte die Geschenke noch in meiner Wohnung, meine Eltern würden mich auf dem Weg dort absetzen und ich würde mit dem Rad nachkommen. Wer wusste schon, wie lange ich es inmitten glücklicher Menschen heute so aushalten würde.
Mein Handy hatte ich heute Morgen auch wieder angestellt.
Viele verpasste Nachrichten und Anrufe von Ela und Nate, aber nichts mehr nach 16 Uhr. Sie hatten es wohl beide aufgegeben.
Ich fühlte mich leer, müde, traurig.
Aber hatte ich ein Recht darauf?
Nate hatte mir nichts versprochen, außer, dass unser erstes Mal irgendwann sein würde. Aber war das Liebe?

„Susi, kommst du, wir wollen los? Du weißt doch, dein Vater will nicht zu spät kommen und auch wenn Ela ab zehn Uhr eingeladen hat – für deinen Vater heißt das: zehn Uhr da sein!"
Ich packte meine Sachen wieder zusammen und

krabbelte hinten ins Auto meiner Eltern.
Zum Glück mochte mein Vater keine Unterhaltung im Auto, das störte seine Konzentration. So konnte ich meinen Gedanken nachhängen.
Die gingen aber leider immer in dieselbe Richtung.

Bei mir vor der Haustür musste ich allen Mut zusammen nehmen, um auszusteigen und in meine leere Wohnung zu gehen.
Ein Blick ins Wohnzimmer zeigte … nichts …, kein Brief, kein Zettel.
Ein Blick ins Bad zeigte … nichts … keine Spur mehr von Nate, als wäre er nie da gewesen.
Ein Blick in sein Zimmer ... er hatte das Bett sauber abgezogen, die Bettwäsche ans Bettende gefaltet. Ansonsten war das Zimmer leer, unbewohnt.
Ich spürte, wie die Tränen aufstiegen.
Ich ging schnell ins Wohnzimmer zurück und schnappte mir die Geschenke, um mich damit auf den Weg zu machen.

Bei Ela und Sam war die Party schon in vollem Gange. Überall waren Menschen, ich begrüßte ein paar Bekannte, knuddelte die Zwillinge, die vor lauter Gästen und Geschenken gar nicht mehr wussten, wo ihnen der Kopf stand.
Ich schnappte mir einen Kaffee und stürzte ihn hinunter.
Ansonsten hielt ich mich im Hintergrund und beobachtete die Leute.
David und Michael, glücklich und zufrieden wie immer, waren mitten im Gespräch mit meinen Eltern, Sam und Ela unterhielten sich mit Elas alter Chefin aus dem Bistro. Ein paar Nachbarn unterhielten sich mit Eltern von Toms Freunden.

Tom und Noah weihten das neue Trampolin ein – ein Geschenk ihrer Paten.
Nur ich gehörte nirgendwo dazu.
Ich fühlte mich wie Falschgeld.

Ich war schon im Begriff zu gehen, einfach um den anderen Gästen die Laune nicht zu verderben, als eine ehemalige Kollegin von Ela mit einem Tablett Sektgläser aus der Küche kam und jedem ein Glas in die Hand drückte.
OK, Alkohol war auch eine Alternative.
Als jeder ein Glas hatte, bat Sam um Ruhe. Es schien, als sollten jetzt die unvermeidlichen Reden beginnen.
Also gut, die wollte ich der Höflichkeit halber noch mit anhören und mich dann auf den Heimweg machen.
Doch statt Sam ergriff Ela das Wort.
„Ihr Lieben, vielen Dank, dass ihr alle unserer Einladung gefolgt seid, um mit uns den achten Geburtstag von Tom und Noah zu feiern. Die meisten von euch kennen mich jetzt schon lange und sind mit mir durch so manche Höhen und Tiefen gewandert. Dafür wollte ich euch schon immer danken und habe es bestimmt auch schon getan. Aber heute ist ein besonderer Tag, deshalb will ich es noch mal tun. Ich bin dankbar für so vieles, ich danke meinen ältesten Freunden David und Michael für all ihre Unterstützung in all den Jahren, ich danke Sue, die die beste Freundin der Welt ist und Sues Eltern, die immer als Eltern- und Großelternersatz für mich und die Jungs da waren. Ich danke Sam für so viel, ohne ihn wäre ich heute nicht da, wo ich bin.
Wer es noch nicht weiß, dank Sam habe ich nicht nur eine Stelle in einem Designbüro gefunden, nein, Sam hat es auch geschafft, mir und meinen Söhnen eine Familie zu geben, die ich ohne ihn nie gefunden hätte.

Und damit meine ich nicht Sam selber, auch wenn er zu unserer Familie geworden ist, nein, dank Sam habe ich Kontakt zu Dylans Eltern und Geschwistern bekommen. Vier Menschen, die netter, offener, neugieriger und freundlicher nicht sein könnten, auch wenn ich bisher erst einen davon so richtig kennengelernt habe. Leider können sie heute nicht alle dabei sein, um mit uns zu feiern …"

Klar, dachte ich, keiner von denen kann dabei sein, sie waren alle zusammen in den USA und freuten sich aus der Ferne.

„ … aber ich möchte euch zumindest Dylans Bruder Nate vorstellen!"

Wie, was, warum, Nate war doch gestern geflogen?

Ich drehte mich suchend um …

… und spürte zwei Arme, die sich von hinten um mich legten.

„I'm not only a fool – I'm the biggest idiot. Can you forgive me?"

Ich drehte mich zu ihm um. „Wieso bist du hier, ich dachte, du bist gestern nach Hause geflogen? Ich meine, all deine Sachen sind weg … ?"

„Ich konnte nicht fliegen, denn es gibt etwas viel Wichtigeres, als meinen Eltern zu sagen, dass sie Enkel haben. Etwas, was viel weniger warten kann und etwas, das viel wichtiger von Angesicht zu Angesicht gesagt werden muss! Ich habe gestern Abend zuerst alleine und dann zusammen mit Ela und den Jungs mit meiner Familie geskypt. Sie machen sich bald auf den Weg nach Deutschland, um euch alle kennenzulernen."

„Nate, ich versteh das nicht, du wolltest ihnen das doch persönlich sagen. Warum bist du noch hier? Ich versteh das alles nicht!"

„Wenn du mich ausreden lassen würdest, dann würdest du es vielleicht verstehen. Zuerst – du konntest meine

Sachen nicht finden, denn ich bin umgezogen."
„Oh, okay – wo wohnst du jetzt?"
„Woman - would you please stop and let me talk? Unterbrich mich nicht dauernd und hör mir zu!
Ich habe meine Sachen dorthin gebracht, wo ich hoffentlich die nächsten Tage, Wochen, ach was, Jahre aufwachen werden darf – in dein Zimmer! Sue, ich liebe dich! Ich weiß, ich habe es dir nie gesagt, aber ich liebe dich und wenn ich darf, dann würde ich gerne bei dir bleiben, hier in Deutschland und bevor du gleich wieder falsche Schlüsse ziehst, ich bleibe auch wegen Noah und Tom, aber vor allem wegen dir – wenn du mich willst?"
Und mit diesen Worten küsste er mich vor allen Leuten. Zuerst war ich zu überrumpelt um zu reagieren, aber ich fing mich schnell und erwiderte seinen Kuss.
Ich weiß nicht, wie lange wir uns küssten, bevor wir die Pfiffe und Anfeuerungsrufe mitbekamen. Was mich aber den Kuss beenden ließ, war das Räuspern meines Vaters und die Frage: „Also darf ich ihn nicht erschießen?"
Nate sah mich erschrocken an und ich konnte nicht anders als laut loszulachen.
„Darf ich bei dir bleiben?"
Statt einer Antwort küsste ich ihn wieder.
Das Leben war doch schön …
Und wie hieß es in Nates Tattoo – was ich als Gipfel angesehen hatte, war nur eine Stufe gewesen. Unsere Geschichte hatte nicht geendet, sie würde weiter gehen!
Nate riss mich aus meinen Gedanken: „Und was Lucca angeht – wenn sie will, kann sie übergangsweise ja trotzdem da wohnen, bei uns, wenn sie nichts dagegen hat, mit ihrem Chef unter einem Dach zu wohnen!"
Er zwinkerte mir zu und küsste mich wieder.

1. Dezember 2016

-Nate -

Das Leben war einfach nur wunderbar!
Meine Eltern und Schwester hatten uns alle Mitte September für zwei Wochen besucht und in den Herbstferien waren Sue und ich mit den Jungs dorthin geflogen. Weihnachten würden wir alle hier verbringen.
Die Familien wuchsen zusammen.
Sam, Ela, Tom und Noah, David und Michael, Sue und ich.
Mittlerweile gehörte auch Lucca mit zu unserem Kreis, sie hatte tatsächlich kurz mit uns zusammen gewohnt, wollte aber auf eigenen Füßen stehen …, ihre Worte, nicht meine.
Und mit Lucca kam noch eine weitere Person in unsere Runde.
Und wenn ich mich nicht ganz täuschte, dann würde die Familie sich bald um eine Person vergrößern – oder vielleicht auch zwei …
Aber das wird wohl eine neue Geschichte werden … oder auch zwei.